O ventre

13ª edição

CONY

carlos heitor

O ventre

Editora Nova Fronteira Participações S.A.
Rua Nova Jerusalém, 345 – Bonsucesso – 21042-235
Rio de Janeiro – RJ – Brasil
Tel.: (21) 3882-8200 – Fax: (21) 3882-8312/8313

CIP-Brasil. Catalogação na publicação
Sindicato Nacional dos Editores de Livros, RJ

C784v
13. ed. Cony, Carlos Heitor, 1926-
O ventre / Carlos Heitor Cony. - 13. ed. - Rio de Janeiro : Nova Fronteira, 2016.

ISBN 9788520940648

1. Romance brasileiro. I. Título.

16-30256 CDD:869.93
CDU: 821.134.3(81)-3

NOTA À 13ª EDIÇÃO

Ao publicar a terceira edição de *Memórias póstumas de Brás Cubas*, Machado de Assis escreveu uma breve nota que as edições seguintes mantiveram. Diz a nota: "Agora que tive de o rever para a terceira edição, emendei ainda alguma coisa e suprimi duas ou três dúzias de linhas."

Foi o que fiz, em número maior de linhas, ao rever o meu romance de estreia para a sua oitava edição, em 1998. Mantive o essencial de um texto escrito há quarenta anos, inclusive "o sentimento amargo e áspero" que, esse sim, fiquei devendo ao mestre.

C.H.C.

De um monólogo do dr. Fausto

Quando a imaginação desdobra as suas asas atrevidas, ela sonha com a eternidade em seu delírio; mas um estreito espaço basta-lhe quando um abismo devorou todas as suas alegrias e esperanças. A inquietude aloja-se no fundo do coração e nele produz dores secretas: ela trabalha sem descanso e destrói o prazer e o repouso; assume mil fisionomias diversas: é ora o nosso lar ora uma mulher, depois uma criança, uma casa, o fogo, o mar, um punhal, um pouco de veneno. O homem treme diante desses males que não o atingirão e chora continuamente os bens que não perdeu.

Goethe

Aqueles cujo Deus é o ventre e cuja glória
está na confusão deles mesmos.

São Paulo (Filipenses 3,19-20)

Primeira parte

O Ventre e Eu

Positivamente, meu irmão foi acima de tudo um torturado. Sua tortura seria interessante se eu a explorasse com critério — mas jamais me preocupei com problemas do espírito. Belo para mim é um bife com batatas fritas ou um par de coxas macias.

Não sou lido tampouco. A única atração que tive por livro limitou-se à ilustração de um tratado de educação sexual que o vigário do Lins fez o pai comprar para nosso espiritual proveito. Uma mulher nua, devorada por cobras e chamas, nas profundezas do inferno. Segundo o texto, era essa a imagem da luxúria e demais safadezas que atentam de uma forma ou outra contra os mandamentos da Santa Lei de Deus.

O livro *A casta adolescência*, do bispo húngaro Dom Tihaner Toth, fez sucesso em nossas mãos. Cometeu-se muita masturbação por causa dele — algumas páginas ficaram emporcalhadas. Se não cheguei a tanto não foi culpa da mulher, bem merecia o pecado, culpa das cobras, sempre me inspiraram repugnância.

Só creio naquilo que possa ser atingido pelo meu cuspe. O resto é cristianismo e pobreza de espírito.

Não creio nos sentimentais encabulados, nos líricos disfarçados que se benzem quando os raios caem. Meu materialismo é integral. Nasceu no mesmo ventre que me concebeu. Mas voltemos ao irmão.

Dentro da predestinação que fez Caim matar o inocente Abel e Jacó passar o conto do vigário em Esaú, o torturado irmão foi coisa que sempre desprezei.

Nunca fiz indagações em torno de nossas diferenças. Sei, o problema é dos muitos que aguçam a ignorância dos sábios e demais desocupados que teimam explicar coisas inexplicáveis, como a vida. Não sou entendido em cromossomos. O que sei de genética é pouco mas divertido: está espalhado nos mictórios do mundo.

Apesar da ignorância pessoal, acho estupidez da natureza fazer coisas antagônicas no mesmo forno, com os mesmos ingredientes. Ventre de mulher funciona mal, incha tripas, bota para fora. Em vez de reparar o erro, a sociedade registra as tripas em cartórios, candidata-as ao reino dos céus, às artes, às vezes à presidência da República.

A mãe não fez exceção à regra. Botou-me para fora com cinco quilos — "um monstro", disse meu futuro padrinho na ocasião. Dois anos e meio depois expeliu o não ainda torturado irmão, três quilos roubados — "uma minhoca", afirmou o padrinho, que já o era, satisfeito no fundo, a raça dos Severos degenerava.

Diferenças não ficaram no peso e biótipo. Eu era mal-criado e rebelde, o irmão, anjo de candura terna e sossegada. Eu, comilão, vendia a alma — que nunca foi inocente — por qualquer baboseira da confeitaria do seu Couto. Ele, asceta e frugal, vivia de brisas e pílulas cor-de-rosa que o dr. Moreira nos receitava para "puxar as cores". Apesar das pílulas, continuávamos numa amarelidão vergonhosa. Até que o pai resolveu puxar minhas cores por conta própria, não mais à custa das pílulas do dr. Moreira, mas de inesperados tabefes que passei a levar pela cara anêmica e desavisada.

Um dia, o pai exagerou no zelo em me fazer corado pelo próprio método. Fui desabafar com Julinho, menino das vizinhanças, mau elemento vitalício. Julinho recebia surras homicidas do padrasto, dono de uma sapataria na rua Camerino. Bordoadas ordinárias, sem a elevada finalidade das que o pai me dava: Julinho já era corado.

O padrasto habituara-se a espancá-lo três vezes ao dia: pela manhã, que o enteado não fizesse molecagem durante o dia; ao chegar para o jantar, que na certa o enteado fizera ou deixara de fazer alguma; e à noite, para consolidação dos bons propósitos, não repetisse no dia seguinte as sacanagens da véspera.

Era tempo de Natal e ele ouviu a narração das minhas desgraças com ar superior e sábio. Achando inútil qualquer conselho, mostrou um bilhetinho que escrevera ao Papai Noel, pedindo-lhe que fizesse crescer nas magras bochechas uma bunda suplementar, pois a que tinha era até então inútil, o padrasto nunca se utilizava de sítio tão adequado, preferia bater em carnes enxutas, nas quais a dor fosse mais forte.

Olhei o rosto dele, anguloso, encovado de tanto bater punhetas. Imaginei duas nádegas, uma de cada lado, caindo-lhe pela cara. Fiquei comovido. (Deixo sugestão a ser aproveitada para conto, poema ou canção, dessas de fazer sentimentais chorar pelo Natal, enquanto a neve cai: a história do menino triste, num Natal perdido e sem neve, querendo ter uma bunda na cara.)

Aos cinco anos o irmão fez a primeira comunhão, houve exaltações de Fé e Edificação entre todos os parentes, vizinhos e curiosos que acompanham a vida alheia. Era um predestinado: aprendeu de cor todo o catecismo, as pias orações, os atos de contrição.

O vigário do Lins, maravilhado. Um prodígio no rebanho, um "lírio que brotava em meio a rudes espinhos", segundo própria expressão. Ninguém precisou me explicar. Só podia ser alusão decente e paroquial à minha pessoa.

E eu era, na verdade, um rude espinho. Só fui admitido ao "banquete celestial" — outra pitoresca expressão do vigário — depois de ameaças gerais da sociedade que me rodeava. Em casa, a mãe cortou-me a sobremesa até que eu aprendesse o credo. O pai aproveitou a oportunidade com facúndia, encheu-me de porradas sob o pretexto de que pulava a palavra *ventre* na ave-maria — eu tinha vergonha de dizer coisa tão feia —, e até o padrinho, tão benigno para com minhas faltas, entrou também na dança, não me trazendo mais chocolates da cidade e esculhambando-me com inusitada ferocidade por ter dito "Poncio" em vez de "Pôncio".

Os vizinhos também participaram do sagrado repúdio. Por esse motivo fui barrado na festa dos oito anos de Helena, a mulher pública de toda a infância adjacente. Foi o próprio pai de Helena, o dr. Luís, que desceu ao portão para dizer-me que, a contragosto, apesar da admiração que tinha pela família, em especial pelo meu irmão, não podia consentir naquela festa a presença de um marmanjo de quase dez anos que ainda não havia feito a primeira comunhão. Percebi que o dr. Luís havia combinado aquilo com o pai, na esperança de que o choque me fizesse bem, obrigando-me a enveredar pelos bons caminhos.

Força reconhecer, a exclusão doeu não só à alma, mas à minha carne, naquele tempo já ciumenta e má.

Da calçada, fingindo que não estava sofrendo, fiquei assistindo à festa, o irmão no lugar de honra, alvo de atenções e pasmos, ao lado de Helena. Foi para ele que ela cortou a primeira fatia do bolo de aniversário. Os adultos bateram palmas e concordaram todos em que o irmão era um anjo descido à terra em alguma missão redentora, só ele digno de ser estimado por Helena, que breve seria aspirante a Filha de Maria e que já coroara Nossa Senhora diante do Senhor Cardeal-Arcebispo.

Interiormente, eu não ligava para tantas honrarias. Queria ver se Helena seria capaz de fazer diante do Senhor Cardeal-Arcebispo o que ela fazia comigo no porão de nossa casa.

Desde essa época, passei a fazer pouca fé na vida íntima das mulheres.

Ignorava o que o irmão pensava daquilo tudo. Sabia que Helena dava-se a todos, sem muito rogo, mas tinha predileção por ele. Um dia, surpreendi-os no quarto de nossa empregada: o irmão não era um hipócrita. Ao vê-lo naquele transe, notei que conservava o ar apalermado, a fisionomia de quem estava quase sofrendo.

Helena, sim, se esbaldava.

Nesse mesmo dia, sentindo alma e carne mergulhadas numa angústia inexplicável mas dolorosa, procurei Julinho para um desabafo. Ele me ouviu com ar superior, como quem não dá importância às porcarias da vida. Eu respeitava Julinho, era o mestre em todas as patifarias que os adultos cometiam e proibiam. De seus lábios ouvi o primeiro palavrão, de seus bolsos saíram os primeiros cigarros, de seu dinheiro tomei o primeiro parati, de suas mãos presenciei a primeira masturbação. Fora ele, além do mais, quem pervertera Helena e outras gurias das redondezas. O título e a função de mestre caíam-lhe como nunca mais soube caírem em alguém.

Não fiquei decepcionado. Julinho discorreu com precoce sabedoria sobre a alma e o corpo das mulheres, eram todas imundas, porcas. Não valiam o sofrimento que causavam. Prova bastante era a predileção de Helena pelo meu irmão. Bastava isso para revelar a sordidez das mulheres.

Acabei achando que Julinho exagerava. Por que julgar o irmão com tanta severidade? Não era ele igual aos outros? Mas nem precisei formular a questão. Julinho leu-a nos meus olhos ou tirou-a de dentro de si mesmo. Disse então que o irmão era "gilete de dois fios!". A expressão já era antiga naquele tempo, significava que o irmão funcionava como barca da Cantareira, ou seja, atracava dos dois lados — outra expressão também antiga.

Não podia deixar sem reparo a insinuação que enxovalhava a honra da família. Pedi provas, um testemunho bastava, de alguém que pudesse dizer: eu abusei e ele gostou. Reconhecia que o irmão era retraído, diferente dos demais, mas daí à anormalidade ia distância.

Julinho deixou-me falar. Quando acabei, ele fez cara de autoacusação tão evidente que ia esbofeteá-lo ali mesmo. Lembrei-me, porém, do antigo bilhete que ele escrevera a Papai Noel: o padrasto teria ocasião para isso. Abandonei-o com cara de nojo.

Desde aquele dia aumentaram minhas suspeitas de que a vida era uma porcaria.

Ao entrar em casa, tencionava submeter o irmão a um interrogatório. Mas a cara com que ele me recebeu era tão alheia que desisti. Mesmo porque encontrei a família reunida, com a presença do padrinho, que era convocado sempre que se decidia alguma coisa a meu respeito.

Exprimindo o pensamento de todos, o próprio em especial, o pai fez um discurso com sua voz grave, aqui e ali deixando pingar alguma indulgência, mas no todo com uma crueldade que parecia aliviá-lo.

Fiquei sabendo que iria para um colégio interno, onde o rigor da disciplina, a severidade dos estudos, a distância da rua e das más companhias domariam meus instintos até então desviados para o mal e para a dissipação.

Ouvi a sentença com ânimo forte. Sabia que todos os adultos eram porcos, que eu, por ser ainda criança, podia ser no máximo um projeto de porco. Mesmo assim, alguma coisa doeu dentro de mim. Se fosse outra a situação, procuraria Julinho para mais um desabafo. A conversa que com ele tivera, pouco antes, me inibia.

Fui, porém, procurar Helena. Ela me ouviu sem dar importância.

— Então, nunca mais, Helena?

— Nunca mais o quê?

Estava embaraçado. Desejava dizer que ia sentir sua falta, que iria lembrar sempre o nosso porão escuro. Não disse nada.

Foi melhor assim. Se então eu soubesse de tudo, ficaria calado mesmo.

A mãe começou a preparar o meu enxoval. O padrinho presenteou-me com um pijama listrado, faziam isso naquele tempo, um tecido brilhante como seda, com sete cores numa escala aproximada à do arco-íris. O irmão fez tamanha choradeira por causa do pijama que o pai resolveu dar-lhe o meu, comprando-me um outro, este mais modesto, com apenas quatro cores. O que eu não disse a ninguém, mesmo porque ninguém se interessou em conhecer a minha opinião, é que achava os dois pijamas ridículos.

Doeu, e muito, a última noite que passei em casa. Depois do jantar, encostou à nossa porta um caminhão e dele saíram uns homens suados que carregavam móveis novos: uma cama de solteiro, um armário cheio de divisões e espelhos, uma cômoda, uma estante de livros, uma mesa de estudos e uma cadeira giratória, que me pareceu importante, sagrada.

Vi desmontarem minha cama. Meu velho armário, vazio de roupas e cheio de traças. Desmontaram também os móveis do irmão. E no quarto vazio armaram a nova mobília. Aquele seria o novo quarto dele.

Notaram a tristeza, que eu ainda não sabia esconder. Tive vontade de chorar, mas não queria passar recibo. Mesmo assim, notaram, ou se não notaram, acharam que eu merecia alguma explicação para o fausto do qual não participaria. Disseram-me que não mais necessitaria de quarto na casa. Já o irmão, predisposto à asma, jamais iria para internato algum, precisaria de conforto e ambiente para viver com saúde e estudar com proveito. Quando eu viesse passar as férias no fim do ano, dormiria mesmo na sala, no velho sofá azul, relíquia do avô materno.

No sofá azul, que tinha algumas molas arrebentadas e o cheiro de bundas diversas, dormi o último sono de infância no lar paterno. Força de expressão esse "lar paterno": fiquei acordado, ruminando. E tanto ruminei que acabei descobrindo: me expulsavam.

~

Madruguei no dia seguinte. Com surpresa, dei de cara com o padrinho, que já estava na copa, tomando café. Viera cedo para me encorajar, embora eu não precisasse de coragem, mas de vergonha. Tentei despedir-me do irmão. Não consentiram, ele ainda dormia, não precisava fazer uma madrugada inútil. Fui, porém, às escondidas, espiá-lo, agora que ele usufruía de requintes no quarto, até mesmo um tapete no qual não reparara e que impregnava o aposento de um calor agradável, luxuoso.

O irmão dormia. O terço de sua primeira comunhão enrolado na cabeceira da cama. No chão, caído durante o sono, o livro de orações, um velho Goffiné ensebado, privilégio todo especial usá-lo, vinha de geração em geração ensinando a rezar os lábios mais sagrados da família.

Apanhei o livro com minhas mãos ímpias. Um santinho escapou-se daquelas páginas beatas: uma estampa ordinária de Nossa Senhora Aparecida. No verso, a letrinha miúda que adivinhei ser de Helena. Ouvi passos no corredor e meti o santinho no bolso.

Ao me deparar com o pai, parecia que ele adivinhara: "Vamos ver se você toma jeito! Se o internato não o corrigir, o que podemos fazer é largá-lo, mandá-lo para a rua."

Tomei a bênção à mamãe. Pediu-me que cuidasse da saúde, não fizesse extravagâncias, não me metesse em encrencas e não lhe trouxesse aborrecimentos. Fez-me fazer o pelo-sinal diante do Sagrado Coração da sala.

Saímos: o pai, o padrinho e eu. Havia certa solenidade naquilo tudo. O leiteiro botava o leite em nosso portão. Deu-nos bons-dias. A rua estava deserta, um bonde acabava de fazer a curva na esquina.

Ao passar pela casa de Helena, pisei forte na calçada, com os pesados tacões das minhas botinas novas. Queria fazer barulho, que ela ao menos soubesse que eu passava. Defronte ao seu portão fingi um acesso de tosse que obrigou o padrinho a comprar-me, mais adiante, um xarope peitoral à base de creosoto. Mas a janela de Helena permaneceu vazia.

O pai apertou o passo. E eu deixei para trás, com o coração apertado, uma coisa que ainda hoje não sei o nome exato.

Difíceis os primeiros dias de internato. Visitas apenas no último domingo do mês. A primeira foi concorrida, todos os lá de casa, incorporados, como numa manifestação.

O irmão engordara naqueles trinta dias. Tanto tomou as pílulas do dr. Moreira, as bochechas lá estavam, enormes, banhudas,

cara de petropolitano no frio. Por fora, parecia um idiota. Por dentro (eu sabia), alguma coisa o fazia sofrer.

Vontade de perguntar por Helena, por Julinho. Não foi preciso. Por conta própria o irmão comunicou as novidades. Julinho ia para a marinha, mandava-me abraços. Helena, a mesma. O pai também falou nela, de passagem, ao elogiar os progressos do irmão: "A menina do dr. Luís está aprendendo inglês com o professor do seu irmão."

Fiquei sabendo que os dois alunos eram aplicados, o professor surpreendido com a rapidez com que aprendiam os segredos da língua da "Velha Albion", que fiquei sabendo na ocasião, solicitude do padrinho, não perdia oportunidade para demonstrar a erudição de funcionário concursado da Biblioteca do Itamaraty.

Nada alegre a visita. Fiquei tão triste que nem jantei depois — acontecimento que teve repercussão não apenas entre os colegas mas na alta administração do colégio e entre os inspetores que tomavam conta do refeitório. Apesar de um mês no internato, já tinha fama de comilão. O inspetor que tomava conta da cozinha foi o primeiro, depois todo o mundo começou a me chamar não mais pelo nome mas pelo apelido: "Zé Gordura! Zé Gordura!"

O apelido pegou porque eu não era gordo, pelo contrário, era magricela. Mas comia tanto que o "Zé Gordura" caiu-me bem, fui o primeiro a reconhecer. Até hoje, quando esbarro por acaso com alguns dos colegas daqueles anos, eles me chamam de Zé Gordura, na certa porque esqueceram o meu nome.

Não jantei naquele dia. Um aperto na garganta. Mais uma vez, a família fizera-me mal. Passeei pelos recreios, sozinho, vontade de esconder a cara em algum canto para chorar. Mas não queria que me vissem chorando. Segurava dentro dos bolsos da calça um santinho de Nossa Senhora Aparecida.

Na cama, conservava nas mãos o santinho que caíra do livro de orações do irmão. Beijava aquele pedacinho de papel, com a letrinha incerta de Helena, embora soubesse que não eram para mim aquelas palavras: "Para meu querido amor, a imagem da nossa padroeira, que ela nos proteja sempre e te dê toda a felicidade a meu lado. Da tua, Helena."

Eu estava sem sono. De repente, uma vontade de chorar. Só chorara, até então, por motivos ordinários, físicos: injeção, dor de dente, pancada, outros afins.

Foi a primeira (e única) vez que chorei por motivos metafísicos, além da matéria. Tinha pena de mim mesmo — e isso é horrível na escuridão de um dormitório estranho. Memória trabalhando, cenas e feridas ali nas paredes. Os olhos projetando no teto escuro, como num cinema, a infância inútil.

Naquela noite, descobri a tristeza. Minha namorada tristeza. Namorada, depois amante vitalícia.

Ela penetrou dentro de mim. Que entrasse a tristeza, se fizesse senhora. E eu nem sabia ao certo o que era tristeza. Talvez fosse uma espécie de saudade daquilo que não acontecera.

Aquela noite marcou o fim da minha infância. E o início de uma maturidade precoce. Os tristes são sempre maduros.

Em dez ou 15 minutos vivi e chorei, sem saber, toda a mocidade. Deitara-me criança, acordaria homem. O jovem nascera e morrera ali, diluído no pranto macio que molhou os travesseiros, deixando em minhas faces um gosto que, às vezes sem conseguir, procuro renovar.

Nas outras visitas, somente apareciam a pessoa e a sabedoria do padrinho. Vinha, segundo ele, com "credenciais" de toda a família. Transmitia-me as novidades, inteirava-se dos meus progressos no saber — que eram poucos — e na virtude, que eram menos ainda.

Fim de ano, ali pelo meu aniversário, vieram todos novamente, incorporados como numa romaria de penitência. O irmão resplandecia num terno branco de calças compridas, gravata também branca, os cabelos ensopados em vaselina cheirando a sândalo.

O esplendor do seu terno me deslumbrou. Era um dos meus desejos mais profundos, um terno igual àquele. Achavam que não ficava bem aos meus hábitos grosseiros, pouco limpos, daí que minhas roupas eram sempre azul-marinho, a cor clássica, como me engabelavam, e que me permitia ir a enterros e casamentos com o mesmo e sovado terno.

Afora a velada afronta do traje — meu uniforme cáqui cheirando a miséria — foram amáveis comigo. A mãe trouxe-me uma torta de banana, sobremesa maldita que me fizera, certa vez, vender a alma ao diabo. Foi essa, por sinal, uma das decepções mais amargas.

Imaginava que haveria uma alternativa para meus problemas: bastava formular a intenção de vender a alma, em pensamento mesmo, e logo o diabo apareceria em carne, osso e enxofre, com a torta na mão, quentinha, untada de manteiga.

Tentei essa alternativa algumas vezes, mas sem sucesso. O diabo devia achar que minha alma não valia tanto, nem mesmo uma torta de banana. Ou descobriu que não precisava pagar nada para possuir uma alma já destinada ao seu reino de sombras.

O irmão, que era modesto no comer, também participava do amor às tortas de banana que só a mãe sabia fazer. Contudo, ele nunca necessitou apelar para soluções alternativas ou desesperadas, sempre foi muito bem suprido.

Seria insincero se não sentisse emoção diante da torta que a mãe trouxe, mesmo sabendo que era pequenina. Lá em casa havia duas formas, uma grande, outra bem menor. Ela usara a menor.

O pai também trouxe presente: uma pasta enigmática, nela podia colocar papéis, mas que tipo de papéis? Eu não tinha papel nenhum para guardar. De qualquer forma, era um gesto de boa vontade. Na certa ele ganhara aquela pasta de alguém e passava adiante.

O padrinho deu-me um livro, que até hoje mantenho em destaque pelos lugares onde tenho abrigado a carcaça: *O moço educado*, de um tal Tihámer Toth, húngaro metido a entender de juventude.

Tive notícias de Helena de forma oblíqua, por intermédio de mamãe: "Helena mandou abraços. Não veio por causa dos exames."

Naquela noite não chorei. Estava excitado pela proximidade do fim de ano, as férias dali a pouco mais de um mês.

Examinei-me ao espelho. Feio, decididamente. O nariz enorme, um respeitável senhor nariz. Espinhas brotando no rosto, como furinhos de ralador de coco. Uma semente de barba feia nascendo rala e irregular. A natureza caprichara em minha formação. Magro, esquelético, ossos de fora. Pior mesmo era o nariz, agressivo, preponderante. Na visita, todos haviam notado que o nariz crescera, ficara descomunal. Ninguém explicava a responsabilidade genealógica de tanto nariz.

O padrinho aproveitou a oportunidade para mostrar erudição. Nariz grande, segundo ele, era sinal de inteligência. Citou

Napoleão: "Quando quero que me façam algum serviço importante e que precisa ser bem-feito, chamo sempre um homem de nariz grande." Chegou mesmo à heresia, lembrou o pontifical nariz de Sua Santidade, o papa Pio XII, gloriosamente reinante.

Ninguém deu importância, nem eu. Um despropósito o paralelo com o Santo Padre, Vigário de Deus na Terra, logo com um sujeito que dizia "Poncio" em vez de "Pôncio".

Apesar da agressão que sofrera pelo fato de ser feio e ter nariz grande, estava alegre, embora sem motivo. Verdade que as férias se aproximavam. O que poderia esperar delas? Eu próprio me respondia: ficaria livre dos regulamentos do internato, dormiria até mais tarde, teria melhor comida e, acima de tudo, poderia ver Helena todos os dias.

Helena.

Teria seios agora? Preocupação nossa, seus parceiros na sacanagem infantil. O que fazer com as cicatrizes arroxeadas no peito dela, iguaizinhas às minhas? Um ano se passara, assim como meu pau crescera, os seios dela deviam ter crescido.

Quem teria sido o primeiro a aproveitar? Pensei no irmão, nas suas bochechas gordas e rosadas, na certa contágio, de tanto se esfregar no peito dela. Por associação de ideias, pensei também em Julinho, o que queria ter bunda na cara.

O irmão era inepto, calhorda. Julinho era devasso, de inventiva própria. Não se limitaria ao usufruto manual, devia ter aproveitado mais e melhor as polpas branquinhas que surgiam, inchadas, no peito dela.

Pensando em seus seios, seios que talvez nem existissem ainda, na boca o santinho com a letrinha miúda de Helena, um gosto safado no coração, pequei com fúria a noite inteira.

Tomei bomba em quase todas as matérias, confirmando previsões de todo mundo, inclusive as minhas.

Mal que vem para bem, a reprovação teve um mérito: justificou a fria recepção lá de casa. Nem sequer foram me apanhar. Mais uma vez o padrinho recebeu "credenciais" para me buscar. Tentou ser amável, tratou-me como gente, como um homenzinho: prometeu levar-me a São Paulo, passar dias em casa da irmã que morava lá, falou na cidade, classificou-a de "dinâmica", programou passeios.

Um parêntese para falar nesse sujeito. Cedo ou tarde falaria nele e é bom que fale logo. Ele representou na minha vida o papel de um canastrão esforçado, papel no qual fazia progressos — e o fez até o fim. Eu o estimava, mas nunca o perdoei. Filho do pai e da mãe dele, até aí sem novidade. Pai e mãe não lá essas coisas em fidelidade conjugal, a casa desfeita, acabou sendo educado por um velho tio, um tal Antônio das Neves, patriarca dos Neves, homem de perfeições físicas e morais, afora a imperfeição física de ser estéril e a moral de gostar de galos de briga.

Para alegrar o lar, encheu-o de galos e sobrinhos, que seus irmãos se encarregavam de produzir aos magotes. O padrinho foi um deles, o mais velho de todos, "sobrinho primogênito", conforme o próprio se classificava. Seus desejos eram ordens na casa do tio Antônio, que lhe devotava afeto imediatamente inferior ao que devotava aos seus 25 galos de briga.

Grassou epidemia entre os galos, o padrinho satisfeito, promoção à vista no bolso e no afeto do tio. O azar dele foi que o tio acabou descobrindo tudo: alguém pusera arsênico na mistura dos ditos, e por meio de investigações nas farmácias próximas e nos terreiros de macumba especializados, ficou sabendo que o criminoso outro não era senão o "sobrinho primogênito".

Com a roupa do corpo, mais o embrulho com um restinho de arsênico no bolso, o padrinho encontrou-se naquele lugar que até hoje é designado como "olho da rua".

Ele olhou a rua, a cidade e o mundo, percebeu que tinha poucas opções, na verdade, nenhuma. A primeira ideia que lhe veio foi a de tomar o resto do arsênico que lhe sobrara com cerveja preta. Nunca se explicou sobre os motivos que impediram esse gesto. Continuou vivendo, sem muitas convicções a respeito da vida, mas a ela se aferrando com unhas e dentes, mais tarde dentadura.

Quando o conheci, nos primeiros anos de minha infância, era o padrinho a quem me obrigavam a tomar a bênção, e o compadre a quem meu pai secretamente chamava de "traste". Eis o homem. Pouco para que o compreendam. Muito para que o considerem um bom sujeito.

De fato, o era.

Em casa finalmente. Dois meses sem ver os meus, um ano sem vir à nossa casa. A mãe pareceu-me mais velha, os cabelos brancos acentuavam o silêncio de sua cabeça. Dentro das órbitas escuras, dois olhos tristes. A casa, pequena e ridícula. Habituado aos dormitórios, aos refeitórios, a tudo terminado em ório e grande, achei ridícula a nossa velha sala de jantar, atravancada de móveis complicados.

O irmão não havia terminado o ano letivo. Passaria as férias estudando, preparatórios para o Colégio Militar.

À noitinha, chegou o pai. Evitou falar comigo e eu com ele. Na hora do jantar não houve outro remédio, fui tomar-lhe a bênção. Ele reparou na minha magreza, na minha feiura, mas não disse nada. O padrinho aproveitou o tema e abriu baterias contra os internatos, que o governo devia intervir, sabia de casos criminosos, citou instituições assassinas. A prova ali estava, um menino outrora sadio, vendendo energia, voltava para casa com o esqueleto à luz do dia.

— Não foi essa — ponderou o pai — a informação que me deram no colégio. Sabe o apelido dele? Zé Gordura...

Para confirmar, apontou o fura-bolos em direção ao meu prato que transbordava de macarrão com picadinho.

— Come demais! — disse a mãe. — Se não engorda é que anda fazendo das suas!

Não me incomodei com alusão tão torpe. O irmão corou e se incomodou por mim.

À sobremesa, queijo com goiabada. A mãe já botava os dois pedacinhos no meu prato quando a empregada veio com um pires no qual boiava um restinho de torta de banana, provável sobra de uma suntuosa torta que chegava ao fim. O pires foi colocado na frente do irmão. Duas garfadas, as bochechas dele ficaram redondas, como se estivessem mastigando um mundo.

O padrinho notou minha dor de corno, informou-me que aquilo era da véspera, a comadre faria outras. Mamãe teve de se comprometer, não sem antes valorizar: "Banana anda difícil agora!"

O pai ficara calado durante o jantar. Ao terminar a sobremesa, deu um pigarro exagerado, advertência de que iria falar alguma coisa solene. E falou mesmo.

Disse que não estava satisfeito com a minha situação, tivera um fraco rendimento nos estudos, fora reprovado de forma vergonhosa. Na parte disciplinar, também me destacara pelo péssimo procedimento, o diretor talvez nem me aceitasse mais.

Desse modo, nem ele nem minha mãe podiam ter esperanças a meu respeito. O prazer em me receberem para as férias, que seria natural, ficara estragado. Com palavras imprecisas, das quais eu ignorava o sentido, disse que não tinha culpa, nenhuma responsabilidade na minha maneira rebelde, não conhecia antecedentes tão refratários aos bons caminhos. Nem na família dele, nem na família de minha mãe, havia caso parecido. Mais do que a vergonha de uma família, eu era a vergonha de duas raças.

A prova ali estava, o pio irmão, esplêndido estudante, resplandecendo de bons procedimentos, proveitosos estudos, edificantes ações.

Ouvi tudo com respeito e, por que não dizer?, com vontade de chorar. Fui forte, mantive a cara de sempre, "a cara cínica" que me atribuíam.

Depois do pai, falou o padrinho. Deitou o verbo, mais modesto, menos apocalíptico. Que apesar de tudo eu não era caso perdido, caso difícil apenas, da minha têmpera saíam grandes homens, citou exemplos históricos, inventou outros, fez uma fé pública em meus altos destinos.

O pai deixou o padrinho falar. Não concordou nem discordou. A mãe, porém, na sinceridade que lhe era própria quando se tratava da minha pessoa, fez o padrinho voltar à realidade dos fatos: "O compadre não enxerga um palmo diante do nariz!"

Doeu, naquela advertência, o fato de que o nariz do padrinho era pequenino, arrebitado, um nariz de criança grudado num rosto de adulto. Essa vantagem eu tinha: mesmo só enxergando um palmo diante do meu, via mais do que os outros, ainda que enxergando apenas um palmo diante do nariz. Nunca mais foi motivo de glória para mim. Continuaria a ser o narigão do narigudo, na missão de chegar aos locais antes do resto do corpo, sendo muitas vezes o primeiro a sofrer e o último a ser consolado.

Tentei ir à rua, mas como estava de moral baixa, tinha receio de que não me deixassem. Perguntei ao irmão se não queria dar um giro. Aquilo caiu como um raio dentro de casa. Nem ainda chegara e já queria botar o outro a perder! Um giro!

A mãe olhou-me como a um ser infectado, declarou que era preciso evitar o "contágio". O pai ficou tão indignado que fingiu não ter ouvido. O próprio padrinho não teve remédio, teve de achar um despropósito. Eu era um monstro.

Foi então que o irmão teve a oportunidade de resplandecer na extensão de suas virtudes. Veio em meu auxílio, disse que o padrasto do Julinho havia perguntado por mim, que ele prometera visita minha. Mentira ou verdade, foi um "abre-te Sésamo!". Tudo ficou serenado, a mãe pegou nas costuras, o pai, os jornais. Que não me demorasse, apenas.

Apanhei-me sozinho na rua. Livre do colégio, da família, na rua e na noite, podendo sumir, nunca mais voltar. O vento que descia da Boca do Mato batia no rosto, trazendo-me um hálito de arvoredo, de jardins em volta das casas, de liberdade.

Julinho morava à esquerda, Helena à direita. Desde a manhã que me prendia para não sair correndo, rever seus olhos espantados, seus seios novinhos em folha. Corria o perigo de passar um vexame. Sabendo-se escorado pelos meus pais, o dr. Luís gostava de exagerar no zelo em me manter afastado da filha. Eu trazia na carne, ainda, a barração na festa dos oito anos de Helena, e já naquela época não apreciava repetir emoções desagradáveis.

Melhor seria aturar Julinho e o competente padrasto. Mais tarde, pediria que ele me acompanhasse à casa de Helena, eu seria melhor tolerado se protegido por pessoa respeitável, nas graças gerais.

Julinho recebeu-me na porta. Estava mais alto, mais forte, mais bonito, mas havia em seu rosto um vago prenúncio de boçalidade. Preparava-se para a marinha, exame puxado, seria reprovado, tentaria outras coisas, acabaria sucedendo o padrasto na sapataria da rua Camerino.

Tampouco lhe causei boa impressão. Meu aspecto feio, desnutrido, alto e magro, devia constrangê-lo também.

Ficamos embaraçados, um diante do outro.

— Como é? Você voltou?

— Sim. Tudo bem em casa?

— Bem. O padrasto perguntou por você. Entre.

O padrasto do Julinho. Dono de sapataria na rua Camerino. Estava de pijama, lia o boletim bimensal da Sociedade dos Donos de Sapataria do Distrito Federal, órgão oficial da classe — dizia o cabeçalho. Não me reconheceu. Julinho lembrou-lhe:

— O Zé, filho do seu Severo...

— Ah! — fez o padrasto, compreendendo.

Abraçou-me, achou-me bem-disposto, forte, um rapagão, perguntou pelos estudos, pelos meus pais, pelo meu irmão, não ouviu nenhuma resposta e voltou ao boletim, órgão oficial da classe.

Ficamos a sós, na varanda. Eu permanecia o mesmo, nada mudara, perseverara naquilo que então se chamava safadeza. À minha infância seria obstinadamente fiel o resto da vida. Ele não.

Vontade de perguntar se o padrasto ainda lhe dava surras, se continuava pedindo a Papai Noel ou a outra entidade equivalente uma bunda na cara. Ele adivinhou a pergunta nos meus olhos:

— Sabe? Estou regenerado...

Foi um abismo que se abriu entre nós. Julinho mudara, era um estranho que surgia de repente, com o mesmo nome do outro. Onde estava o Julinho do cigarro, o do parati, o que pervertia as meninas, o que sabia todos os mistérios bonitos da vida? Para sobreviver em mim, Julinho teria de ficar parado na minha memória.

Odiei o rapaz bem-educado, bonito, cumpridor dos deveres. Fiz o comentário que resumia a situação:

— É. Tudo mudado!

A resposta foi fria:

— Mais ou menos...

Julinho fora para o mais. Eu ficara no menos.

Pensei em Helena. Também mudada? Precisava ir vê-la depressa.

— E Helena?

— Boa. Muito amiga de seu irmão.

— Bonita?

— Sabe? Nem reparo mais nela.

Pedi que viesse comigo. Acedeu:

— Ninguém vai te comer vivo!

Foi lá dentro, avisou que ia sair, não demorava nada. Na rua, parou de repente e me encarou:

— Você está gostando dela?

Encabulei.

— Não, não é isso. Talvez você não entenda, mas no internato a gente dá importância às coisas que ficam aqui fora. Pensei nela, pensei em todos, em você, na rua, em tudo...

— E no porão também!

Ouvi, mas fingi que não ouvi. Julinho era agora um estranho, não abriria minhas janelas para ele.

Mãos nos bolsos, fomos em silêncio. Passamos por minha casa, ninguém à janela.

O portão de Helena. Comecei a suar frio. Vontade de voltar atrás. Julinho foi entrando com familiaridade. Fiquei na rua.

A voz austera do dr. Luís mandou-me entrar.

O pai de Helena foi amável. Fez-me as mesmas perguntas do padrasto do Julinho, deu-me palmadinhas nas costas, elogiou meu pai, exaltou minha mãe. Ao falar em meu irmão engasgou um pouco, custou a encontrar uma classificação apropriada:

— Um... an... um arcanjo!

O irmão do arcanjo perguntou por Helena. Ela ia bem, na verdade ia muitíssimo bem, sucesso no colégio, excelente média global, passaria as férias numa fazenda, no sul de Minas.

Tanta jovialidade encheu-me de coragem. Perguntei se Helena já havia ido.

— Não, não. Foi ao cinema, com a mãe. Viaja depois de amanhã, no trem das sete.

Julinho alegou uns estudos, eu aproveitei a oportunidade.

De novo na rua. Um desespero repentino. O ano inteirinho a esperar pelas férias, a sonhar com o porão. E ela ia para o sul de Minas! Se fosse para o polo norte daria no mesmo, ficaria longe.

O pai agora estava na janela, fumando charuto. Não disse nada, nem precisava dizer.

— Pois é, Julinho. Foi bom rever vocês todos.

Um pigarro na janela. Eu conhecia de sobra aquele pigarro.

— Até amanhã, Julinho.

— Até amanhã.

Em casa, o silêncio. O pai a fumar, a mãe costurando, o padrinho lendo Eça. O irmão no quarto, a estudar. Pensei em ligar o rádio, ouvir um pouco de música, mas sabia que qualquer barulho perturbaria a concentração do gênio doméstico.

Nada a fazer. Nem dormir, pois não tinha cama nem quarto, precisaria esperar que todos se recolhessem para deitar-me no sofá da sala.

O padrinho percebeu o meu constrangimento, insinuou que fosse pedir um livro ao irmão. O silêncio de meus pais aprovou a sugestão. Fui ao quarto-sacrário, templo onde o irmão comungava o saber, as pias obras.

Tão absorto estava que nem deu pela minha presença. Precisei tossir, baixinho e modestamente, como um contínuo para falar com o chefe. Ele então se dignou baixar seus misericordiosos olhos. Disse-lhe que desejava um livro. Na certa ele se alarmou com a inesperada inquietação cultural que me possuía, mas não disse nada, indicou-me a prateleira, tirasse o que quisesse.

Predominavam ali os livros escolares. Gramáticas Expositivas, Novíssimos Vocabulários da Língua Portuguesa, Cem Exercícios Latinos de F. T. D., livros de Monteiro Lobato, Emília nisso, Emília naquilo. O Tesouro da Juventude em bonita encadernação ouro-azul. A coleção de Júlio Verne, uma série de volumes com a capinha vermelha, aquele balãozinho subindo.

Escolhi o livro por causa da capa, uma bandeira brasileira tremulando ao vento, escoteiros bem-educados e de roupinhas limpas prestando continência: *O Brasil e suas riquezas*. No subtítulo: “Tratado de brasilogia”. Coisa útil, gravuras e diagramas atestando, com firma reconhecida, os tesouros nacionais.

O padrinho foi o único a aprovar minha patriótica escolha. Soltou uma frase sobre a necessidade do “amor à pátria no coração dos homens de amanhã”.

Abri ao acaso. Dei de cara com uma folha de papel — papel de caderno escolar —, escrita a lápis, uma caligrafia que já conhecia. Era trecho de um bilhete que fora rasgado. Mas dava para ler: “Você precisa deixar de ser bobo, faça como os outros, venha mais cedo que eu...”

Fechei o livro com violência.

Vontade de gritar, de chorar, de fazer qualquer coisa amarga ou estúpida. Mas o que saiu da minha garganta foi um soluço seco, quase um vômito.

— Que foi? — perguntou o padrinho.

Não dei resposta. Olhei com ódio para todos. O pai ia dizer alguma coisa. Eu me antecipei, medonho:

— Quero voltar para o colégio! Agora mesmo!

O pai foi lacônico e mau:

— Agora é impossível. Amanhã providenciaremos.

Nada se providenciou no dia seguinte. Esqueceram o incidente, eu mesmo também. Detestei o rompante imbecil. Além do mais, estava louco para rever Helena, pura ou depravada, não importava, queria vê-la. Já devia estar moça, mulher quem sabe. Para ajudar a suposição, havia o bilhete, "faça como os outros".

Dia monótono, nem sombra dela. Ela viajaria, não a veria mais depois. Eu voltaria ao colégio, mais um ano de ausência e morreria a intimidade, tornar-me-ia um estranho, nossas recordações acabando, o porão escuro e comum dissolvendo-se aos poucos. Aquele porão, que fora minha esperança, tornava-se minha memória.

Depois do jantar, apanhei o tratado de brasilogia. Aprendia coisas. O bilhetinho de Helena na mão, a prova do delito, se rasgasse aquele papel teria a impressão de estar me despedaçando com a própria dor, a minha e a do mundo. Não o rasgava porque começava a achar um gosto estranho em sofrer.

Afundei-me na leitura do capítulo dedicado à imensidão do ouro em nosso solo e retratado de forma perene no amarelo de nossa bandeira.

A casa tinha o silêncio macio de um claustro. O pai na janela, olhando a noite, a mãe bordando, o irmão estudando. O padrinho não viera jantar naquela noite.

O pai de repente se voltou:

— Helena vem aí!

Eu devia estar com a cara alarmada. Mas não tinha outra para a ocasião. Talvez Helena nem desse por ela. Controlei-me e enfrentei o capítulo dedicado às nossas jazidas minerais — as maiores do mundo.

Helena entrou, deu um boa-noite geral, que me incluía. Beijou minha mãe no rosto, com intimidade, mais intimidade do que afeto. Estendeu a mão para o pai, num gesto adulto que ela sabia fazer. Veio em minha direção, correta e digna. Levantei-me. Para marcar a página que lia, usei o bilhetinho que ela escrevera para o irmão, "faça como os outros".

— Como vai? Como está... crescido!

O "crescido" saiu difícil. Queria dizer "feio", mas corrigiu-se a tempo.

Meu olhar foi para os seios dela. Só firmando a vista dava para perceber duas pequeninas inchações crescendo sob a blusa.

Helena estava bonita. A cintura se acentuava, os quadris tomavam formas. Havia promessa de violência naquelas ancas adolescentes.

— Estudou muito? — perguntou.

— Fui reprovado.

— Ah! — fez ela, compreendendo que havia feito besteira em perguntar, sabia da minha reprovação, minhas façanhas eram espalhadas para advertência alheia.

— Estive ontem em sua casa — informei.

— Papai me falou. Obrigada pela visita.

— Não tem de quê.

Perguntou pelo irmão, coisa desnecessária, ela já tomava a direção dos quartos, sabia onde ele estava.

— Bem, vou me despedir dele.

Sumiu no corredor. A porta do quarto-sacrário rangeu e se fechou. Afundei-me novamente no livro. As orelhas me queimavam, eu devia ter febre. Mesmo assim consegui ler, palavra por palavra, todo o capítulo das jazidas de ferro — as maiores do mundo —, acabei o ferro, peguei o estanho, o manganês, a beleza dos rios, a graça de nossas borboletas, a opulência de nossa agricultura — a futura maior do mundo —, e nada da despedida acabar.

Revoltava-me, sobretudo, a tranquilidade de meus pais, alheios, confiantes na pureza daquela entrevista a portas trancadas. Eu me lembrava do porão escuro, cheio de teias de aranhas, as vigas de pinho-de-riga a me abrir galos na testa. O outro, nada de galos, tinha a galinhazinha ali no quarto, na cama, com colchão e tudo! Reparava meus pais. A cara dos Severos, severa. Cambada de alcoviteiros todos, os pais de Helena também, todos sabiam de tudo!

A cabeça rodava. Vontade de vomitar, sempre essa vontade, qualquer emoção mais forte e logo a necessidade de abrir as goelas, despejar com nojo a alma, as tripas, ficar vazio, oco.

O suor frio nas frontes, frontes que estavam quentes. Sabia que a praxe para essas horas era fazer qualquer coisa de desesperado com os outros ou com a gente mesmo. Lembrava-me do caso do seu Werner, um velho suíço, relojoeiro na rua Lins. A esposa, morena, baixinha, famosa no largo dos Pilares, trepava pra burro. Seu Werner não sabia de nada. Veio em casa apanhar uns recibos, apanhou foi a mulher embaixo do Sacadura, famoso apanhador de balões daquelas adjacências. O mesmo tiro matou um e outro. Mas seu Werner exagerou, deu vários outros tiros para o ar, assassinando o universo que pactuara com o adultério de sua esposa e com a enormidade da sua dor. Reservou o último tiro, para a própria cabeça. Ficou varada, olhos esbugalhados, a massa cor de creme estragado saindo pelos ouvidos.

A tragédia impressionou a todos, adultos e crianças. O padrinho, na hora do jantar, exaltou a forma pela qual morreram os dois amantes, varados pela mesma bala. Era um episódio de Dante no Lins de Vasconcelos!

Para mim, aquilo tudo fora meio obscuro. Entendia só uma parte, a outra não. Sacadura em cima da mulher, certo. Seu Werner dar tiro no Sacadura e na mulher, ainda certo. O que não fazia sentido era aquele último tiro, bem no centro da testa. Isso me escapava. Por que seu Werner fizera aquilo?

Parecia entender tudo agora. Forças ocultas há. Na ocasião falaram muito em tragédia, o nome de nossa rua saiu no jornal, "tragédia na rua Cabuçu!", eu não percebia a força maligna que havia na palavra. O pai a vulgarizava, qualquer coisa que eu fizesse ele logo vinha: "A vida desse menino vai ser uma tragédia!"

Tragédia é sopa. Pior é a aflição. A dúvida — por mais fortes que sejam as evidências, sempre se dá um jeito de introduzir a dúvida — é pior.

Ouvi a porta do quarto-sacrário ranger, passos no corredor, Helena outra vez na sala, arrumadinha, dona de si, o narizinho empinado.

— Já falei com todos. Agora até a volta.

— Boas férias para você! — disse o pai.

— Aproveite o ar da montanha! — recomendou minha mãe.

Helena sentimental:

— Obrigada. Vou sentir saudades de todos.

A tirada pungiu:

— Vai, minha filha, que Deus te abençoe!

Eu, calado. Olhos fixos num crioulo levando às costas um saco do melhor algodão do mundo. Senti um fogo em cima de mim. Helena me olhava. Encarei-a também. Não pude esconder a gana. E ela percebeu a gana. Percebeu também que eu a despia, catando vestígios da sacanagem com o irmão. Abaixou os olhos, com raiva.

"Ela me odeia!"

Helena foi embora. Sua nuca foi a última coisa a desaparecer. Nuca nua, nuca perturbada. Ela desconfiara da minha suspeita, da minha raiva, do meu ciúme, e isso tudo era verdade. Mas havia alguma coisa além e acima da verdade — e isso somente eu sabia e saberia para o resto da vida.

Não dormi naquela noite. Revirei-me no sofá, pra lá, pra cá. O pai urinou duas vezes no urinol, ouvi o barulhinho. Pela janela da frente entraram os primeiros clarões do dia.

Helena àquela hora já acordada, se aprontando.

Levantei-me.

Abri uma fresta na janela.

Vi o táxi passar e parar mais adiante. Ouvi vozes, bater de portas, o dr. Luís para a mulher: "Cuidado com os batedores de carteira na estação!"

O carro fez a manobra, acelerou mais forte. Passou pela minha frente. Helena virou o rosto em direção à nossa casa. Mas não foi para mim aquele olhar de despedida.

As perspectivas para as férias ficaram sombrias. E as primeiras semanas transcorreram numa pasmaceira que me dava vontade de voltar para o internato. Julinho passou a me evitar. O irmão não saía de cima dos livros, o pai não me dirigia a palavra, limitava-se a me olhar do fundo das órbitas, um olhar inquisidor e que às vezes parecia cruel. A mãe — minha santa mãe —, essa nem sequer me olhava. Falava comigo por tabela, como se se dirigisse a outra pessoa que me daria o recado.

O constrangimento só não foi maior porque restava o padrinho, que nos meados de janeiro resolveu me levar a São Paulo, passear um pouco, alargar horizontes.

Tanto o pai como a mãe relutaram a princípio, argumentaram que os prêmios eram para aqueles que mereciam, eu nada merecera, nada mais justo que ficasse por ali mesmo, entediando-me com o nada e meditando sobre a necessidade de imprimir novos rumos à vida.

O prazer de me verem longe superou a vontade de me castigarem. Embarquei no trem de luxo, o *Cruzeiro do Sul*, o padrinho elogiou os vagões azulados, com letras douradas por fora, era um dos orgulhos nacionais, fora comprado para transportar o rei da Bélgica que visitara o Brasil em 1922, época em que ele entrara para a Biblioteca do Itamaraty, "você não era nascido, mas eu já era amigo de seus pais, eles eram solteiros, mas se amavam, como se amavam!".

Foi carinhoso, comprou-me o *Suplemento juvenil*, revista em quadrinhos que o pai abominava, nunca entrava lá em casa com seus heróis estrangeiros, Flash Gordon, o Ás Drummond, Mandrake, Tarzan, X-9, o Detetive Secreto.

Até então só conseguia ler o *Tico-Tico*, com seus heróis que logo seriam arquivados, Zé Macaco, Faustina, Reco-Reco, Bolão e Azeitona. A atitude do padrinho, comprando-me uma revista proibida pelo pai, equivalia a uma rebelião. Durante a viagem, chegou a me oferecer cigarros: "Você já tem 13 anos, é quase um homem. Pode confiar em mim."

Não aceitei os cigarros. Mas aceitei a amizade daquele homem, que sempre me parecera um chato. Eu vivera até então prestando atenção em pessoas que não me dispensavam atenção. Por que não gostar daquele canastrão que, afinal, era o único para quem eu não era um trambolho?

Os parentes do padrinho — duas irmãs e um cunhado — dispensaram-me honras de chefe de Estado. Tive quarto só para mim, café servido na cama. Às refeições havia sempre meus pratos preferidos. Foi providenciada uma indigestão de tortas de banana. Mas não eram tão gostosas quanto as de minha mãe.

Fui ao Butantã, ao Museu do Ipiranga, assisti a jogos no Parque Antarctica, fui a Santos, vi a gruta onde Anchieta dormia. Quase todas as noites íamos ao cinema.

Os dias foram tão intensos que nem tive tempo para pensar no colégio, na minha casa, em meu irmão, em Helena. Não pensava nem mesmo em mim.

Na viagem de volta, o padrinho mergulhou no Eça de Queirós. Eu olhava de lado, via na capa do livro a cara do autor, achei-a cretina, acabei perguntando se o Eça era um cretino. O padrinho não sabia a que Eça eu me referia. Quando soube que era mesmo o de Queirós, teve um sorriso benevolente: "Não, meu caro, o Eça não foi um cretino."

Lembro que, certa vez, o pai discutiu com o padrinho por causa do Eça, não entendi bem a discussão, trocaram-se alguns desaforos, fiquei sabendo que o pai era por Machado.

À tardinha, quando o trem varava os subúrbios cariocas, o padrinho guardou o livro. Para meu espanto, começou a falar, e só então percebi que ele me levara a São Paulo para me dar aquele tipo de recado, do qual pouco entendi.

— Escuta, meu filho, não ignoro que você tem tido problemas, sei que sofre algumas... algumas incompreensões... quem sabe injustiças... Talvez chegue a pensar que a culpa lhe caiba. Mas não é verdade. Você não tem culpa de nada. Mas daí não conclua que a culpa é dos outros. Conheci seus pais ainda solteiros. Conheço bem os problemas da família, talvez melhor do que eles, pois cada um conhece apenas a metade... Daí que, sem querer impor uma conduta... bem, você ainda está muito novo para compreender certas coisas... mas acho bom que..., ou melhor, você agiria certo se pudesse ou se procurasse...

Apalermado, eu olhava o padrinho. Não entendia aonde queria chegar com aquela conversa, se é que desejava chegar a algum lugar. Percebeu isso. Mudou de tom e concluiu:

— É. O melhor que você faz é não criar problemas. Problemas novos, bastam os antigos. Evite, sobretudo, os desabafos diante de seus pais. Quando quiser, ou necessitar de um, procure a mim. Entendido?

Disse que sim. Mas continuava a não entender nada. Em todo caso, ficava sabendo que todos lá em casa tinham problemas. Prometi ao padrinho — e a mim mesmo — que respeitaria esses problemas, os problemas de todos, inclusive os meus.

A chegada em casa não foi saudada com alegria. Morrera um velho amigo da família, o dr. Moreira, o mesmo que nos receitava pílulas cor-de-rosa para puxar as cores de nossas faces anêmicas. Fora o nosso médico desde crianças, e amigo dos pais desde os tempos de noivado. Era um solteirão magrela e feio, alto, usava óculos redondos e gostava de frangos, toda vez que almoçava ou jantava lá em casa, a empregada providenciava um frango para ele. Comia-o inteiro, chupando os ossinhos, o guardanapo em volta do pescoço, como se estivesse fazendo barba.

O pai e a mãe gostavam dele, sentimento que nem eu nem o irmão compartilhávamos. Pessoalmente, eu tinha uma birra especial com ele, nojo daquele homem já meio idoso, gasto, de olhos apagados, que gozava em nossa casa de um respeito sagrado.

O padrinho disse a sua frase de sentimento — "O Moreira era um santo e um sábio homem" — e despediu-se.

Longe do padrinho, sentia-me atirado às feras. Mas pouco me davam atenção. Estavam tristes, tristes mesmo, com a morte daquele homem. Eu estava até aliviado por sabê-lo morto. Não o via há muito, mas tinha tanta aversão à sua pessoa que parecia vê-lo ainda, a receitar óleo de rícino para nossas dores de barriga e óleo gomenolado para nossos narizes entupidos por crônicos resfriados. Sua medicina era essa mesma: não ia além dos óleos, e era coisa divina lá em casa, uma espécie de sacramento. Foi devido a tanta pingação de óleo gomenolado que o meu nariz ficou tão grande.

As férias acabavam. O irmão progredia em sua triunfal carreira, fez os preparatórios de forma brilhante, foi citado em boletim interno. Em casa, comemorou-se o feito. A mãe encomendou bolo na dona Palmira — ela não andava bem, emagrecia e tinha os olhos cada vez mais cansados. Mas a vitória do rebento amado abrira pequena trégua em sua tristeza.

Na hora da festa, em nome dos amigos da família, o pai de Helena, com sua voz solene, profetizou ao irmão os mais altos destinos.

Ninguém me olhando, eu comia o bolo num canto, mastigando sem prazer o sucesso do outro. De repente, o pai esbarrou em mim, o bolo caiu, estava amargando na boca. Apanhando-me desprevenido, o pai me beijou na cara.

Última vez que me beijou, acho que a primeira também. Tinha repugnância de mim, sempre. Beijava sua mão — "bênção, pai!", "Deus te abençoe" —, e a mão dele ia para a calça, limpar no lenço.

Daquela vez, contudo, ele me beijou por nada e acho que se sentiu feliz por ter me beijado.

A festa ia animada. Chegavam presentes e telegramas felicitando meus pais pela genialidade daquele filho. Até Helena mandou o dela, do sul de Minas, comunicada da nova e espetacular façanha do irmão.

Apesar de tanta exaltação em torno, ele mantinha a cara de sempre, bochechuda, rosada, alheia, o cabelo ensopado em vaselina líquida que lhe escorria pela testa dando um brilho desagradável nas frontes.

No dia seguinte, a mãe amanheceu adoentada. Chamou-se um médico, nada de óleos, limitou-se a solicitar exames de laboratório e chapas de raio X. À tarde, ela melhorou e o pai julgou desnecessária tanta despesa e trabalho para o repentino mal-estar.

Eu, porém, observava a mãe. Notava que ela definhava, o rosto tomava uma cor de palha seca, os olhos cada vez mais fundos, uma melancolia, um cansaço, uma vontade de ir embora.

De tanto reparar nela, acabei fazendo uma descoberta: era bonita, ainda era bonita. E na sua mocidade deveria ter sido uma mulher especial, de traços suaves e elegantes. Era justificável o amor que despertara no pai.

Na véspera de retornar ao internato, fui à casa de Helena. Consegui conversar um pouco com o dr. Luís, que contra a minha expectativa recebeu-me com alguma cordialidade. Fiquei sabendo que ela voltaria dali a dois dias. Deixei lembranças e um abraço para as duas, mãe e filha. Deveria ter deixado um punhal, um punhal envenenado que acabasse com elas.

No sofá da sala, na última noite de férias, fiquei acordado, pensando na vida, na minha e na dos outros. Na mãe, que envelhecia abatida e triste. No pai, sempre embrulhado em suas contradições, ora alegre, ora trevoso, olhar enlouquecido. Pensava no irmão, herói de tantas façanhas. Em Helena, queimadinha pelo sol de Minas. De uma forma ou outra, todos viviam, tinham a sua vida.

E eu?

Pelo menos, tinha o padrinho, que chegou cedinho para me levar de volta ao colégio. Tomei o café sozinho, o pai no banho. Gritou-me um "Deus te abençoe" que não ouvi direito por causa do chuveiro.

A mãe ainda estava deitada, levantava-se mais tarde agora, não andava bem. Levei um susto quando entrei em seu quarto. Era a primeira vez que a via assim, toda desarrumada. Na cama, uma vasta cabeleira branca, só isso. O que fazia ela para esconder tanta velhice, tantos cabelos brancos? Uma velha, a mãe.

Do rosto encovado, seus olhos me olhavam sem amor, sem pena. Abençoou-me, puxou minha cabeça e me deu um beijo na testa. Passou-lhe um brilho nos olhos, lembrou alguma coisa talvez, o olhar pareceu ficar moço de repente, foi coisa muito rápida.

— Tenha juízo, vê se não traz aborrecimentos para seu pai, já os tem de sobra por sua causa.

— E a senhora?

— Não, eu não conto mais. Acabou.

Vontade danada de amar a mãe. Mas como? Eu estava seco por dentro, tentava espremer alguma coisa, não saía nada.

Beijei-lhe a mão sem afeto. No corredor ouvia-a dizer: "Não vá acordar seu irmão, ele precisa dormir até tarde!"

Não tinha nenhuma intenção de despedir-me dele. Apanhei a mala e segui o padrinho.

No colégio, ele abriu a sua pasta e dela tirou um embrulho: "Tome, meu caro, é do Eça. Você já pode saborear o grande Eça!"

Aquele "saborear" me pareceu odioso.

Está até hoje junto do Tihámer Toth. E eu vou vivendo muito bem, sem esses nem outros livros, descobrindo pouco a pouco um secreto prazer em ser amargo, uma impossibilidade de ser totalmente infeliz.

Ao iniciar o segundo ano, eu me sentia conformado. Os colegas pareciam menos estranhos, uns aos outros se equivaliam, nenhuma amizade especial mas nenhum ódio. Se pusesse o irmão no meio deles, acho que tudo ficaria desequilibrado, nem ele nem os outros seriam os mesmos.

Como sempre acontecia no início de cada ano, mais importante do que estudar era sacanear os novatos. Cheguei a possuir 18 tesourinhas Solingen, quarenta e três tubos de pasta de dentes, várias dúzias de sabonetes de cheiros e tamanhos diversos, e um tabuleiro de xadrez que não sei por que me deu vontade de roubar, roubei por roubar, para ver o outro botar a boca no mundo, os bedéis procurando, os chaleiras ajudando, eu ajudava também.

Quanto às proezas das férias, quando todos contavam coisas safadas, eu também inventava, transformando a velha irmã do padrinho em guria, dizendo porcarias, e os outros babando, me invejando, "sujeito de sorte".

Eu ficava mais triste depois.

Na primeira visita do ano só apareceu o padrinho. Perguntou pelo Eça, pelo "saborear". Não, não saboreara coisa alguma, exceto a aporrinhação do dia a dia. Menti, as aulas cada vez mais puxadas, estudando para fazer bonito. Mas logo vieram os boletins, o padrinho viu os zeros, um seis em composição, chegou a me animar, "está melhorando".

Foi em maio. Eu era um dos mais altos do colégio e frequentava a roda dos mais adiantados. Ora, a turma havia descoberto, logo depois das férias, o que se chamou de "boca rica". Vizinha ao terreno do recreio, lá para as bandas do bambual aonde ninguém ia com medo das cobras, havia uma casa onde morava um capitão da cavalaria cujo principal atributo era ser casado com uma mulher que ia começar a carreira dos trinta anos. O capitão saía de casa pela madrugada, só voltava no final da tarde. Depois do expediente no quartel, ia aprimorar os conhecimentos táticos em não sei que cursos especializados do estado-maior.

Passando o dia sozinha, sem visitas, sem vizinhos, sem filhos, sem poder sair de casa, a mulher começou a distrair-se com os rapazes do colégio, os mais taludinhos. Os escolhidos organizaram uma confraria bem organizada, embora o descobridor da coisa quisesse exclusividade absoluta, obstada pela própria mulher.

Era ela quem escolhia os rapazes, através de uma fresta do muro, abertura feita a fim de que pudesse examinar os alunos. Quem a agradasse era chamado à confraria.

Um dia, chamou o chefão:

— Quem é aquele ali, alto e narigudo?

— É um pirralho! Só tem tamanho e nariz.

A mulher gostava dos tamanhos, insistiu, e eu fui comunicado da tramoia. No recreio depois do café da tarde, acobertado pelos outros membros da confraria, que a esse respeito eram de exemplar solidariedade, embrenhei-me pelos bambuais. Dois colegas fizeram escadinha com as mãos, engenho que me possibilitou galgar o muro com facilidade. Para voltar, garantiram-me que ela traria um banquinho.

Mal pulei o muro, fiquei frente a frente com a mulher. Havia feito duas coisas inéditas em minha vida: me desejara e me escolhera.

Decepcionou-se comigo, porém. À distância, talvez eu não parecesse tão feio e desajeitado. Em todo o caso ela gostava de tamanho, e o meu era autêntico.

Morena, morena carregada, silhueta magra apesar de todinha gorda, dessa gordurinha que recheia a carne sem prejudicar a forma. Os olhos, rasgados, um pouco esverdeados, pareciam daquelas sacerdotisas antigas, que por obrigação para com os deuses iam prostituir-se nos bosques, bandalheira que fui aprender graças a um trecho latino que me obrigaram a decorar para os exames.

Chamou-me para dentro. Sua casa não tinha personalidade, era vulgar, mal mobiliada, com o conforto classe-média piorado pelo mau gosto tradicional dos militares. Levou-me para o quarto. E logo de saída foi dizendo que se admirava de não ter tocado em sua pessoa. Os outros — disse-me ela — iam avançando, ela gostava assim. Mas eu era um inepto, só não era virgem no todo porque havia um porão na minha infância, porão que pouco a pouco ia se apagando — e tanto se apagava que nem tinha mais certeza dele.

Por isso ou aquilo, não tinha jeito nem coragem de iniciar uma operação que me parecia complicada.

Ela compreendeu. A surpresa brilhou em seus olhos. Agradou-lhe ter um rapaz virgem. Enlaçou-me pelos quadris e beijou-me o peito magro, no qual nasciam, encaracolados, os primeiros pelos da mocidade. Despiu-me com perícia. Abusou da minha vitalidade, dava-me a impressão de que eu a matava, havia momentos em que eu ficava sem saber se ela sofria ou gozava, tal a fúria com que gemia. Em dois ou três momentos, sentia-a fria, tão fria que me dava medo. Mas ela me garantia que era assim mesmo, depois de ferver o sangue no orgasmo, morria de verdade, sem forças, sem calor para continuar vivendo.

Não digo que tenha me decepcionado com aquilo. Então, era isso? E dizer que fora o melhor inventado pelos homens? Por causa daquilo houvera guerras, dilúvios, massacres, livros e crenças! Ou eu era diferente dos outros ou os outros tinham pouca imaginação.

A primeira escapada só terminou quando a sineta marcou o fim do recreio. Precipitei-me pelo muro, mesmo sem o auxílio do banquinho que a mulher, amolecida, tardou em buscar. Esfolei-me pelo bambual, cheguei atrasado à formatura, fato que obteve geral reprovação dos membros da confraria. Fizeram-me sentir que mais um descuido daqueles e poderia estragar a sociedade tão bem escondida dos outros.

Passei o restante do dia emburrado. Sentia no corpo alguma coisa de bom, de adulto, de realizado. Mas havia dentro um desconforto. No fundo, eu me sentia culpado. Havia cometido uma profanação contra alguma coisa importante que eu trazia dentro de mim. O quê?

Não eram escrúpulos. O fato de cornear um homem que nada de mal me fizera? Ora, houvesse quantas esposas de generais ou marechais e eu refocilaria em cima, do mesmo modo. Não, não era isso.

Fiz então uma promessa: não iria mais ao encontro dela, mesmo que me chamasse. Seria uma perda, perda até importante — a primeira mulher —, com que eu compensaria minha tranquilidade interior. Já tinha inquietações de sobra para adquirir mais uma. No fundo, no fundo, a estreia me parecia criminosa. Eu não devia ter feito aquilo.

Não com aquela mulher.

Semanas depois, o chefe da confraria avisou-me que a próxima vez me pertencia, de acordo com a tabela feita e aprovada por todos, inclusive pela própria mulher. Eu estava a fim de recusar, de não ir mais. Preferi nada dizer ao chefe. Fiz que sim, que iria, disposto no entanto a não ir nunca mais.

No dia seguinte, mal acabado o café, quando dei por mim já estava em cima do muro, pulando para a casa do capitão.

A mulher me esperava de combinação, uma combinação de seda azul, transparente à claridade do dia. Foi ela quem tomou a iniciativa. Abraçou-me, tomou minhas mãos e guiou-as pelas suas carnes, através da curva macia de seu ventre, até que senti, meio repugnado, a seda de seus pelos.

Ela notou a repugnância que não pude esconder. Ofendeu--se. Entramos para o quarto. Pelo caminho esbarrei em duas botas de cavalariano que haviam chegado do engraxate, cheirando a graxa e a morrinha de cavalo.

A mulher deitou-se na cama sem tirar a combinação. Atraiu--me a si, esquecida de seu amuamento anterior. Eu relutei em deitar ao lado, não pronunciara uma só palavra, intrigado comigo mesmo, pensando como fora possível estar outra vez ali, depois de ter jurado nunca mais pular o muro, nunca mais rever aquela mulher.

Ela estranhou:

— Você quer ou não quer?

Eu continuava a olhá-la, com espanto.

— Bolas! — disse ela. — Rapazes melhores não faltam. Você é feio, narigudo, ossudo demais. Agradou-me da outra vez... mas era uma donzela... foi gostoso sabe, mas passou. Que há agora? Não me acha gostosa?

— Acho — respondi.

Ela tirou a combinação e ficou nua. Tinha sexo em todo o corpo. Parecia não ter outra coisa a não ser sexo. Os cabelos, olhos, narinas, coxas, braços, tudo era prolongamento daquele sexo medonho que a devorava por baixo.

Eu continuava vestido. Ela explicou que da primeira vez resolvera me despir a fim de quebrar o constrangimento de rapaz virgem, marinheiro de primeira viagem. Não iria fazer o mesmo. Eu que tratasse de me despir e de a possuir, se quisesse.

Permaneci em pé, olhando aquele corpo cheio de abismos, mas sem desejo, sem nada. Súbito, caí sobre ela, impotente:

— Não! Hoje não! Não posso!

— Não pode o quê?

— Não posso! Você não entende?

— Causo-lhe repugnância?

— Não.

— Acha-me vagabunda?

— Não! Pelo amor de Deus, não!

— Sou muito velha para você?

— Não adianta! Você não entenderá!

Ela se levantou, vestiu a combinação.

— Acho melhor chamar outro.

Continuei deitado. Detestava-me por aquele papel ridículo. Que pensaria ela de mim? E que pensar eu mesmo de mim?

Depois de um tempo em que me considerou com atenção, ela teve pena de mim. Deitou-se outra vez a meu lado, alisou com carinho os meus cabelos.

— Você está amando alguém? Isso acontece quando...

— Não amo ninguém!

Ela ia dar o caso por perdido, quando, de repente, apertei-a pela cintura. Arranquei-lhe a combinação com raiva. Seus seios surgiram, eram mais brancos do que o resto do corpo. Enfiei a cabeça entre eles e chorei.

Aos poucos, fui sentindo prazer naquilo. Quando beijei seus ombros, eles estavam salgados. Quase nunca chorara, e, que me lembre, nunca em presença de estranhos. Mas naquele instante a enxurrada desceu, sem desespero, sem ódio.

A mulher foi boa, percebeu que vivia um problema que eu mesmo não saberia explicar. Tapou minha boca com um dos seios e ficou a alisar os meus cabelos. Terminou gozando, sei lá como, um espasmo que ela mesma classificou como o mais doce de sua vida.

Naquele dia não me atrasei para a formatura. E em lugar da angústia que sentira na vez anterior, um bem-estar generoso adormeceu meus sentidos, dignificou minha carne. O *depois* estava sendo melhor e mais duradouro do que o *durante*.

À noite, antes de dormir, pensei em Helena. Pensei nela de maneira tranquila, sem exaltações. Antes, Helena era a complicada mistura de pecado e crime, de sombra e claridade, o enigma que se abrira diante de minha vida e me desafiava. Agora, Helena assumia o lugar exato, adquiria sentido e, até certo ponto, me justificava.

Helena seria sempre Helena. Eu é que mudara. Helena me marcara. Agora, eu continuava marcado e tinha prazer em estar marcado. Por Helena.

Talvez estivesse errado. Mais tarde, quem sabe, atribuísse aquele incidente a outros motivos. Naquele momento, porém, eu tinha a certeza de que sobre o corpo daquela mulher cujo nome nem sabia, sobre aquela carne acanalhada por tantos, eu chorara, inteira, a minha angústia por tudo o que havia dentro de mim e, em alguns casos, fora de mim também.

Que eu sofria sem entender. E que, sem entender, pouco a pouco já começava a conviver não mais como um prisioneiro, mas como um cúmplice.

Semanas mais tarde, estava na aula de geografia, quando o inspetor entrou na sala e falou baixinho com o professor, um careca avermelhado, que tinha fama de beber muito e cujo apelido era "Coordenada Terrestre".

Chamaram-me pelo número:

— Duzentos e oitenta e cinco!

— Pronto!

Acompanhei o inspetor ao gabinete da diretoria. Abrindo a porta, vi o padrinho que conversava com o diretor.

A comunicação foi feita sem rodeios: a mãe estava doente, muito mal mesmo. E aquilo que o padrinho chamava de "minha família" desejava estar reunida naquela hora.

O diretor foi amável, garantiu que eu poderia ficar o tempo necessário, minhas faltas seriam abonadas, os regulamentos tinham previsto a situação em não sei que artigos e parágrafos.

Arrumei pequena mala com roupas. O padrinho tomou um táxi e pelo caminho procurou fazer o que ele misteriosamente chamava de "preparação do espírito". Depois de rodeios, fiquei sabendo que a mãe estava à morte. Durante algum tempo, os médicos suspeitaram de todas as moléstias na patologia da época. Até que chegaram a um acordo: câncer no pâncreas.

O padrinho aproveitou a oportunidade para exaltar a função do pâncreas, dissertou à vontade por dois motivos: por me saber ignorante e por ter ido ao Larousse.

Chegamos em casa e ali encontrei um ar de velório. Parentes de vários graus, um médico, um enfermeiro, os vizinhos mais chegados, todos falavam baixinho, pisavam na ponta dos pés.

Ao lado do irmão, que permanecia com a mesma cara balofa e rosada, imprópria para a ocasião, estava Helena.

Levantou-se, veio falar comigo. Beijou-me na face, séria, correta. Surpreendi-me, porém, olhando para os seus peitos. Ali estavam, afinal! Duros, a estourar de seiva, dois seios recentes! Examinei-a dos pés à cabeça, com impudência total. Ela já era mulher. E eu não era mais virgem.

Não se ofendeu com a brutalidade do exame. Notou que a despia, lembrou na certa o porão comum e cada vez mais distante. Ficou sem jeito, mas não disse nada, chegou a sorrir, embaraçada, entre a lisonja e a vergonha.

Levaram-me ao quarto. Curvado à cabeceira, cara transtornada pelo cansaço das últimas noites, o pai. Segurava as mãos de minha mãe, que volta e meia se crispavam.

Preocupado em olhar para ela, não deu pela minha chegada. O padrinho precisou avisá-lo. Voltou a cabeça em minha direção, olhou-me sem carinho mas com um pouco de curiosidade. Dava a impressão de não saber o que eu estava fazendo ali.

Baixou o rosto até o da mãe:

— Pronto. O outro chegou!

Naquele momento, eu era o "outro".

A mãe custou a entender. Com dificuldade, virou a cabeça para o lado onde eu ficara, nem longe nem perto do leito. Notei-lhe os cabelos, totalmente brancos, embaralhados pelo suor da agonia. O rosto opaco, mas com a pele agora mais lisa, parecia até remoçada. Era fácil adivinhar que sofria mais com os olhos do que com o resto do corpo.

Fez um gesto para que me aproximasse. Tomou o meu rosto nas mãos, mãos que tremiam, mãos de pobre pedindo esmola. Senti na testa um beijo com gosto de túmulo.

— Afinal... você é meu filho!... — falou mansinho.

Não entendi o "afinal", mas o pai pareceu entender. Retribuí o beijo. O padrinho, que ficara atrás de mim, pegara-me na nuca, me abaixara a cabeça, não tive outro jeito, beijei-a com nojo.

Ela passava a mão em mim, ceguinha lendo um rosto estranho pelo tato. Brilhou nos olhos dela um clarão, a boca entortou num riso às avessas, um esgar impróprio para a hora da morte. Nunca vira nela, nem em ninguém, aquela expressão obscena.

O médico percebeu que ela se emocionava, pediu que me afastassem. Além de quê, meu pai já estava aflito para me ver longe dali. E eu também.

Saí do quarto intrigado. Antes de cruzar a porta olhei para trás, mais uma vez. O pai assumira a mesma atitude anterior, debruçado sobre o leito, a segurar as mãos dela. Senti quanto ele amava a mulher que morria. Para muita coisa havia explicação agora. Mas, a rigor, pouco me importei com isso. O que me intrigava era a expressão com que ela me olhara, uma expressão que nunca vira nela e que me lembrava alguém que não sabia. Fosse o que fosse, não era uma expressão de quem estava morrendo.

O padrinho levou-me para fora do quarto. O vaivém das visitas não me permitiu nenhuma concentração. Todos procuravam uma palavra de consolo para o irmão. As mesmas pessoas, ao me verem, só conseguiam dizer: "Como é? Você não para de crescer?!"

E achavam isso engraçado, porque riam.

Com a desorganização que ia pela casa, foi a mãe de Helena que nos esquentou alguma coisa. Comemos os três, o irmão, Helena e eu, na mesa da cozinha.

Ela ficara na minha frente. Vez por outra eu me distraía e grudava os olhos em cima daquelas polpas que inchavam debaixo de sua blusa. O irmão surpreendeu-me num daqueles momentos, mas fingiu que não havia notado. De alguma forma, ele sabia que eu também tivera direito àquele porão.

Foi então que, esquecido da agonia da mãe, da aflição de meu pai, odiei os dois, o irmão e ela. Um ódio tão profundo que se transformava um pouco em distância, um pouco em perdão.

Veio a noite. As visitas rareando, o vigário do Lins chegou com os óleos, nada de rícino ou gomenol, óleos de Cristo. Deixou-nos santinhos, por ironia, o meu era igualzinho ao que roubara do Goffiné do irmão, Nossa Senhora Aparecida, rogai por nós, e, se possível, rogai por mim.

Ouvi o médico na sala: "Não passa desta noite!"

O irmão passeou a cara palerma pelas pessoas, sentiu sono, fechou-se no quarto, logo ouvi o ronco chiado da asma, brisa passando de leve por uma esponja esburacada.

Bateu meia-noite. Eu esbarrava nos móveis, morto de cansaço. O padrinho chamou a empregada, providenciaram cobertas, deitaram-me no sofá da sala, ao lado do quarto onde a mãe morria.

Dormi duas, três horas. Acordei com o ruído de passos, pessoas saindo do quarto. A morte? Não. Ainda a vida. Para quê? Para vomitar mais uma vez?

A voz do padrinho:

— É natural, o Severo deseja se despedir, é assim mesmo, sei como são essas coisas... muita gente já morreu nesses braços... devemos deixá-los sozinhos... logo eles... como se amavam... como se amavam!

Fiquei sozinho e no escuro. Por baixo da porta que dava para o quarto, um filete de luz. Do outro lado, os dois que se amavam.

Vontade de espiá-los, o buraco da fechadura dando sopa. Atravessei a sala em diagonal, na ponta dos pés. Agachei-me para ver e ouvir o que pudesse.

Lá estavam os dois — os dois que se amavam —, o pai curvado, um lenço na cara, enxugando ou escondendo o suor ou a lágrima. A mãe falava, voz até que forte demais para a sua fraqueza. Dizia coisas desconexas, o pai concordava, sim, sim, é, é, sim, está bem...

Podiam me surpreender ali, colado à porta. Ia voltar para o sofá quando ouvi a mãe perguntar:

— Você nunca desconfiou de mim?

O pai aguentou firme:

— Nunca!

— Não minta nessa hora, você nunca desconfiou?

Ele titubeou, mais para lá que para cá:

— Uma bobagem... amei você toda a vida... isso me deu direitos... ciúmes... apenas isso, nos primeiros anos... uma bobagem...

— Você desconfiou?

— Desconfiar... talvez não... ciúmes só, passou logo...

— Não foi bobagem, Severo...

Momento tenso lá dentro, gelo em cima de duas cabeças, medo nos quatro olhos. O pai foi o mais forte:

— Não fale!... Está se preocupando à toa... não pode se torturar assim... em nome do nosso amor, em nome dos nossos... em nome de Deus, não fale!

— Quero o seu perdão...

— Não precisa... já tem o perdão... não fale!

— Quero morrer tranquila...

Estava obstinada. Gemeu, falava aos arrancos, baixinho, o pai inclinava a cabeça. Houve o momento em que tremeu. Parecia não querer ouvir mais nada.

Retomei o diálogo com ela contando:

— Não podia resistir... o Moreira vinha... suplicava, armava ciladas, você até ajudava... Houve um dia... depois vieram outros... só paramos com medo, você pareceu desconfiar... deu para ficar emburrado...

— Sim... desconfiava de alguma coisa... mas não com o Moreira... logo o Moreira!

Mantinha a serenidade, apesar de tudo.

— O pior... é que... bom, você deve saber... mas devo contar tudo... um dos nossos filhos... um dos meus filhos não é seu... você sabe quem é...

O pai disse que sim, com a cabeça.

Não ouvi mais nada. Nem precisava.

Eu também sabia.

Morreu pela madrugada. Surgia um dia triste, cheio de nuvens inchadas. Eu passara o resto da noite no quintal, evitando encontros, não tinha vontade nenhuma de entrar em casa, meus olhos deviam estar enormes, eu os sentia crescer com uma ardência que impedia lágrimas.

Bem que o padrinho insistiu, fosse acabar o sono com o irmão, a cama era grande, espaço para dois. Começaríamos, na mesma cama, a orfandade comum.

Mas não. Aturar asma dos outros e ser filho da puta ao mesmo tempo seria exagero. Nada melhor do que a noite para ninguém ver. Eu sentia que tudo me doía, uma dor que não era nova mas inesperada.

E explicava, tarde afinal, mas sempre explicava, o sentido — que era a falta de sentido — da minha vida, em que não havia outro significado que não esse, o filho do comborço do pai, o pecado da mãe, a vergonha de todos.

Pela manhã, chegou o carro da funerária com apetrechos complicados enchendo a casa, cheiro de vela me enjoando, cheiro de flor pior. O bonde Lins, de 15 em 15 minutos, trazia uma coroa amarrada do lado de fora, "à idolatrada", "à inesquecível", "à bondosa", "saudades eternas", "homenagem", "último adeus".

A mãe de Helena levou-nos para almoçar na casa dela, o dr. Luís me deu pêsames, fez um arremedo de abraço, eu não sabia se dizia "obrigado" ou "não tem de quê".

Evitei olhar o pai. Volta e meia o surpreendia olhando minha mãe no caixão. Sua cara era profunda e vaga ao mesmo tempo, sobretudo cansada. Parecia não sofrer mais. Todo o drama da vida, mais o cansaço dos últimos dias, tudo derivava para uma loucura mansa e abandonada. Era isso mesmo. O pai estava com cara de louco. Mas os amigos, os parentes, os conhecidos, todos respeitavam a sua loucura. E comentavam: "Como o Severo está sentido!"

Só eu, que o observava com mais profundidade, sabia que ele, finalmente, nada mais sentia.

O padrinho ficou com a gerência da casa e do enterro. Tudo programou, orientou tudo, e tudo saiu bem graças ao seu engenho na arte de ser dono de defunto. Sabia-o ser.

O pai não quis despedir-se, ver colocarem a tampa que fechava o caixão. Escondeu-se num canto da sala, por azar, no mesmo canto onde eu também procurava me esconder.

Trocamos um olhar esquisito, acho que foi a primeira vez que nos olhamos para valer. Se almas emitem fluidos, se almas produzem ondas magnéticas, naquele instante o universo ter-se-ia desintegrado, como um balão de sopro, tal a densidade do olhar que trocamos.

Era a minha vida que adquiria contornos precisos. Eu fora um equívoco do ventre que me gerara. Tudo se explicava agora. Tudo. Até a minha cara angulosa, até o nariz grande. O culpado não fora o óleo gomenolado que o dr. Moreira tanto receitara para meus resfriados. Fora o próprio dr. Moreira, aquele homem de quem eu odiava o cheiro, o tamanho, o olhar míope, a magreza alta de um esqueleto canalha.

Nada disso importava, agora. A vida ali estava: a morte. Pior do que a morte, a sobrevida que nos restava, ao pai e a mim.

Fomos empurrados para dentro de um carro.

O pai arrastou-se pelo cemitério. Parecia que, de repente, ia soltar uma gargalhada e explodir.

E eu? Tinha alguma coisa a ver com aquilo? Poderia dizer que levava a mãe ao túmulo? Mas até que ponto ela fora minha mãe?

Não, aquela não fora minha mãe. Fora apenas o ventre que me gerara. Era tão mãe quanto a placenta que me sustentara nos meses de concepção, e que já estava enterrada há tempo.

O caixão baixou à sepultura. Os coveiros estavam com má vontade, irritados com o pequeno atraso, chegáramos ao cemitério depois de vencer um trânsito engarrafado por causa de um acidente de carro que deixou na calçada dois cadáveres recentes.

Os coveiros fixavam em nós olhares desafiadores, com vontade de nos enterrar a todos, vivos mesmo, com roupas e tudo.

O irmão lia os epitáfios dos túmulos vizinhos, procurando ver se os pronomes estavam bem colocados, se era honesta a correlação dos tempos. A seu lado, amparando-o sem necessidade, Helena chorava. Predestinada às lágrimas fáceis dos enterros, dos casamentos, das emoções baratas — ela foi assim durante algum tempo, até que se tornou adulta e ficou sendo a Helena definitiva.

Com o lencinho enxugava os olhos avermelhados. Eu a observava, sabia que fazia uma espécie de teatro, como se zombasse do enterro, das coroas, de todos nós.

O padrinho agitado, poucas vezes o vi assim, dava ordens aos coveiros, respondia os améns do padre que benzia a cova, consolava os mais aflitos, tinha tempo ainda para se comover nas folgas de tudo isso, o nariz vermelho como se estivesse prendendo um espirro.

O pai, perdido no meio dos outros, tão outro quanto outro qualquer, parecia dizer que não tinha nada a fazer ali, empurrou um camarada que tentou abraçá-lo, "seja forte, Severo!" — mas ninguém deu importância, suspeitavam que ele tivesse bebido.

Já íamos embora. Deu-me vontade de espiar no fundo da cova. Os coveiros botavam as coroas por cima, havia uma com o meu nome, providência do padrinho, eu li a faixa, parecia de um outro enterro, há muito José no mundo, muita "idolatrada mãe".

Ficou jogada num túmulo vizinho, foi a última a ser colocada. O coveiro que a jogou parecia entender a vida, fez com má vontade, eu não faria melhor.

Era fim de dia, sol morno coando pelos ciprestes. Os coveiros estavam cansados. Um deles pronunciou a oração fúnebre que servia para todos, mortos e vivos: "Como complicam a vida!"

Voltei ao colégio no dia seguinte. Não suportei viver naquela casa. Junto do pai, que se arrastava, fantasma pelos cantos, sujo, desgrenhado, louco. Nem do irmão, escondendo o que sentia no imponderável de suas bochechas rosadas, à medida que crescia, a cara dele também crescia, alheia, indecente, banhuda.

Afora o padrinho, todos nos deixaram. Havia dias que a casa ficara cheia, no entra e sai de visitas. O contraste acentuou a nossa tristeza, e, para que não dizer, o nosso abandono.

Tentei dizer ao pai que sabia de tudo e que isso não me importava. Que ouvira o desabafo final, sempre suspeitara de alguma coisa de errado naquela casa e, sobretudo, comigo. Tentei gostar daquele homem que não era nada meu e que sofria. Era um porco, como os outros homens, mas sofria e isso o enobrecia. O sofrimento tem dessas coisas. A felicidade é vil.

Eu estava, porém, desidratado, sem a boa água do amor. Talvez não odiasse ninguém. Mas não podia amar.

A volta ao colégio me afastava daquilo tudo, mais do que uma fuga, foi um caminho. Evidente que não seria uma solução. Do jeito como ficaram as coisas, o melhor seria mesmo não ter solução alguma.

Fiz uma descoberta mais ou menos repentina: envelhecer é porcaria. Depois de certa idade, o homem começa a cheirar mal, a se decompor. A velhice não é apenas feia. É também porcaria.

Daí programei um roteiro que ainda penso cumprir: eu me mataria um dia, sem motivo, apenas por higiene interior, como se fosse tomar um banho. Não iria feder diante dos outros, arrastar pelas ruas e pelos caminhos um corpo a se transformar em lama, pasto de vermes que começariam a me comer por dentro. Os médicos dariam nomes latinos aos vermes, mas todo mundo saberia que eram vermes.

~

A rotina do colégio aliviou a tensão. No terceiro dia, o chefe da confraria veio rindo:

— Amanhã é você.

Disse que não, não queria ir.

— O luto não atinge essas coisas.

— Não é nada disso. Não vou, estou sem vontade.

— Na hora a vontade vem.

— Não vou, está acabado.

Todos os dias vinham recados, a mulher queria falar comigo, só falar, eu acabei indo, e, quando resolvi ir, já não pensava em falar mas em trepar.

Pulei o muro, ela me esperava, vestida inteirinha, parecia outra coisa, mãe de família que fosse apanhar os filhos no colégio, coisa assim.

Tinha mais curiosidade do que raiva.

— Não entendo você!

— Eu também não me entendo.

— Mais de uma semana recusando... Não sou um achado na sua juventude, um feio, sem oportunidade? Ou prefere perverter os novatos, gastar esperma diante de fotografias?

Não respondi. Ela estava irritada, parecia uma menina, tinha a cara de garota suada. Notou que não dei importância à esculhambação. Pegou no meu braço, como se fosse uma amiga antiga:

— Escuta, mandei chamá-lo durante uma semana, você se recusou até agora e veio sem vontade. Para mim, isso não faz diferença. Da última vez que veio aqui, havia alguma coisa com você, chorou tanto... isso nunca me aconteceu, alguém chorar porque está fazendo amor comigo. Fiquei sabendo que sua mãe morreu, você passou maus momentos, não posso fazer nada, só ensinar que é bom a gente amar nessas horas, o prazer é mais forte, falo com experiência, quando meu pai morreu... bom, isso é comigo. Quero dar oportunidade, só isso, entendeu? Agora, se você quer que eu me apaixone, é outra coisa.

Baixou os olhos, olhou em torno. Baixinho, com carinho:

— Não vê que é impossível?

Aprendi a lição. Aliás, já desconfiava que devia ser assim mesmo, vale cem anos sobre filosofias e morais, mas eu não queria estar sobre filosofias nem morais, queria ficar era em cima da mulher, coisa sem moral, embora com um pouco de filosofia. Estava mais bonita, classuda, com alguma coisa de égua, gostosa a filha da puta.

Ficamos parados, olhando nos olhos um do outro.

"Ela pensa que eu gosto dela!"

Era idiota, tinha vontade de esbofeteá-la por causa disso, mas ela não entenderia.

— Você veio para ficar aí do lado de fora? Vamos entrar!

Levou-me para o quarto. Deitou vestida como estava, chegou para a beirinha, pediu que me deitasse também.

— Posso perguntar uma coisa?

— Pode.

— Por que chorou tanto da vez passada?

— Sei lá.

Teve um sorriso mau no canto da boca.

— Em que você está pensando? — perguntei.

Demorou a resposta. Ela se virou de bruços para melhor me observar. Ingênua naquela atitude.

— Curioso, todos os narigudos são complicados. Meu marido tem um amigo, da artilharia, mais narigudo do que você. Como é complicado...

— Como é que você sabe?

— Acha que só vou perder tempo com crianças?

Mexeu a cabeça, os cabelos dançando nos ombros, o ar sério:

— Vocês servem para aprendizado, precisamos cometer alguns infanticídios. Bom mesmo, para amar, é um homem complicado...

Olhou-me séria. De barriga para cima, um narigudo fica mais ridículo.

— Homens complicados, ouviu? Homens! Não crianças complicadas!... Isso é horrível!

— Está me mandando embora?

— Não.

Beijou-me com carinho, voltou a ser a fêmea que, para saciar sua gula, devorava cada dia um menino novo. Engraçado como ficamos nus de repente. Eu abraçava tudo o que podia, perna, coxa, seios, cabelos, tivesse uma faca e abriria o meu corpo para enfiá-la inteirinha dentro de mim, somente assim a posse não seria impossuída.

Virei-a de frente, ela se entregou, vencida, cansada já, o gozo na pontinha. Procurou um travesseiro para apoiar a cabeça. Olhei-a, esgazeada, aberta, os olhos dilatados, lábios crispados, urgente, parecia ter cólica.

Um vento frio bateu na minha carne e gelou tudo. Vontade de gritar, gritar como deve gritar o náufrago, sabendo que ninguém o ouve. Encher o universo com o meu grito, com ele arrebentar as nuvens, as ondas, alma e carne misturadas num eco que se perde no infinito.

Tombei para o lado. Sentia na pele o horror que não buscara. Naquela mulher retorcida pelo prazer, hera carnívora, antropófaga que tentava me engolir, eu vi o mesmo rosto, a mesma expressão de olhar — mistura de pavor e gana — de minha mãe, na hora da agonia.

Nunca mais houve escapadas pelos bambuais. Nunca mais a confraria saboreou aquele fruto bom e barato caído dos céus. Dias depois do meu encontro com ela, o capitão armou colossal encrenca doméstica ao encontrar, debaixo da cama conjugal, o casquete de um dos alunos do colégio.

A cena foi trágica. Ouviram-se bofetões e, apesar das janelas fechadas, um ou outro palavrão mais forte varou o ar: "Puta! Filha e neta de putas!"

A mulher tinha hierarquia.

Nós, os membros da extinta confraria, ficamos escondidos no bambual. Ouvimos o rebenque do cavalariano soar forte contra a carne da mulher. Não víamos, mas imaginávamos a cena brutal: à ação do chicote, o sangue brotar das carnes mortificadas.

Os mais exaltados quiseram pular o muro para arrancar a mulher das garras do corno. O chefe impediu o arroubo. Chegou a deitar moral, dizendo que, em briga de marido e mulher, o bom senso, firmado pelo veredicto dos séculos, aconselhava a ninguém se intrometer.

A insensibilidade do chefão nos irritou:

— Cretino!

— Calma, calma, eu sei o que estou dizendo, isso não é nada, não vale a pena piorar a situação, o capitão é temperamental, todos os anos encontra pretexto para surrar a mulher, no ano passado foi um gringo da prestação debaixo da cama, agora o casquete de um de nós, entre o gringo e o casquete o mais cômodo é sovar a mulher. Tem outros casos ainda, o coronel do regimento, um concunhado do marido, não é a primeira nem será a última vez que ele sova a mulher por prevaricação de cama.

Ouvíamos essas revelações com mal-estar. Repartíamos a mulher, mas assim também não, era safadeza demais. Preferíamos pensar numa alternativa digna, uma vítima das circunstâncias, sem filhos, a mocidade consumida sem graça, abandonada durante o dia pelo marido que chegaria cansado do expediente no quartel, botando os bofes para fora, ela teria de se virar, era moça, bonita, o sangue fervendo.

Pelo menos, era assim que a maioria imaginava. Saber que a mulher era uma simples galinha feria o amor-próprio, dava raiva na gente.

O chefão compreendeu os sentimentos gerais. Rematou seu discurso com solenidade, citando uma frase que não esqueci. Helena, que mais tarde faria curso na Cultura Inglesa, dizia que era de Shakespeare:

— Eis os fatos! É lamentável que isso seja verdade e é verdade que isso seja lamentável!

O casquete era meu.

O capitão mudou-se, cada prevaricação descoberta, as andorinhas da Lusitana à porta, a mulher aos prantos, querendo ficar. A casa foi logo alugada. Para geral desencanto, os novos vizinhos eram dois velhos que, invariavelmente às seis horas da tarde, ouviam no rádio a "Ave-Maria", de Gounod.

A confraria dispersou-se. Não mais solidariedade, cada um por si, Deus por alguns, o diabo por todos. Os mais ousados passaram a procurar os garotos assim-assim e grossos escândalos tiveram germinação. O chefão arranjou um guri das Laranjeiras, papafina, filho de italianos. Outros também andaram nas águas do carcamano, até que o chefão resolveu ter uma explicação de homem para homem com os rivais:

— Olha aqui, pessoal, eu dividi a mulher, mas o guri não divido!

E exibiu o canivete, terror famoso do colégio inteiro.

Não dei por falta da mulher. Lamentei suas desgraças, se pudesse, a teria salvo da surra. Mas só. Pouco abusara também. No duro, uma vez só. Na segunda oportunidade, chorei em cima dela — pelo menos, isso seria para mim um fato histórico, que nunca houvera antes e nunca se repetiria. Na terceira vez, o momento idiota, lembrar a outra morrendo, justamente na hora.

Domei a carne depois. Poderia inaugurar um ascetismo sem Deus, um estado de graça só por higiene. Amava Helena, amaria sempre, mas tranquilo, sem pressa, sem dor.

O que não seria vantagem: amaria sem retorno, e conformado, acharia que não a amando seria pior.

Os flamboyants se abriram no pátio. Cada manhã olhava o contraste: as flores alaranjadas, quase vermelhas, recortando o azul do céu de setembro lá em cima. Eu achava bonito. Com alguma boa vontade, e sabendo olhar de baixo para cima, a vida podia ser bonita.

Não achei bonito quando o bedel me chamou e mandou que eu fosse à sala do diretor. Primeira ideia: o pai estrebuchando. Revi tudo, o padrinho, câncer onde? Câncer bonito era o vermelho no meio do azul.

Quando dobrei o corredor que dava para a sala da diretoria, estranhei que houvesse gente ali. Inspetores, bedéis e até mesmo alguns professores pareciam esperar por mim.

Fiz sucesso. Todos me olharam, com um pouco de raiva, um pouco de admiração.

— Você é o duzentos e oitenta e cinco?

— Sou.

Risos.

Fizeram-me entrar. Atrás da escrivaninha, com a cara pungida, um caso embaraçoso para destrinchar, o diretor do colégio. Ao lado, um homem entrado nos trinta e poucos anos, meia altura, meia calva, bigode grosso ameaçando ficar grisalho, embrulhado num terno de brim amarelado que lhe caía muito mal.

— Você é o duzentos e oitenta e cinco?

— Sim, seu diretor.

Entreolharam-se, ar sagaz nos dois.

— É seu esse casquete?

O diretor jogou em cima da mesa, como um objeto infecto, o casquete cáqui, a linha vermelha marcando por dentro o "285", confuso o último número, podia ser também o "283". Se eu quisesse negar, teria condições de ao menos levantar a dúvida.

— Sim, o casquete é meu.

Quis apanhá-lo, não me deixaram, fizeram um gesto largo, não, eu não podia tocar no objeto, era a prova do crime, era o corpo de delito, ficaria o tempo todo ali, dele sairia a verdade, a verdade cabe em pouca coisa.

— Não toque nele, por favor. Primeiro, vamos apurar tudo direitinho...

O diretor fez uma pausa, mandou um olhar ao homem do lado, sentou-se atrás da mesa, tomou expressão grave que procurava ser inteligente:

— Você não havia dado pela sua falta?

— Dei. Pensei que tivessem roubado.

— Não se lembra onde o deixou pela última vez?

— Não tenho certeza. Em qualquer canto.

Pausa. Até ali eu fora bem, suportara o interrogatório com sangue-frio, voz segura, resposta pronta, nada de gagueiras comprometedoras. O diretor aproveitou a pausa, coordenou ideias e voltou:

— O meu caro aluno conhece o senhor aqui ao meu lado?

Mesmo sem olhar o senhor a seu lado, disse que não. Parece que o diretor não esperava por isso. Não se alterou, prosseguiu num tom neutro, sem raiva, cerimonioso:

— Muito bem. O senhor aqui ao meu lado é um honrado oficial do exército, o capitão Rui da Silva Aires. O nome, pelo menos, não deve ser estranho...

— É, sim senhor.

Levantou-se, deu passos em torno da mesa, em busca de entrar no assunto, com delicadeza, sem ofender.

— Até aqui — resumiu ele — acredito que o caro aluno tenha dito a verdade, a pura e tão só verdade. Desejava agora saber a que fato atribui ter o seu casquete aparecido embaixo da cama do nosso capitão.

O capitão não gostou muito daquele "nosso", mas permaneceu impávido, sem estrilar.

— Foi você ou outra pessoa que, inadvertida ou propositadamente, esqueceu o casquete, talvez para comprometê-lo?

Não adiantava mentir. Seria mais engraçado confessar, eles pareciam não aceitar a ideia de que eu fosse amante da mulher. Um outro talvez, mais bem-apessoado, mulher nenhuma faria besteira por minha causa.

— Fui eu mesmo. Esqueci o casquete no quarto da mulher do capitão.

O capitão tremeu de alto a baixo. Além da dor de corno, o acréscimo de ter sido corneado por um rapaz feio, narigudo e tolo.

O diretor, impassível, juiz no meio, nem pra lá nem pra cá, justiça acima de tudo, a cara dele dizia isso.

— Então admite que esteve no quarto do capitão?

— No quarto da mulher do capitão — corrigi.

Estremecimento mais forte do capitão. O diretor perdeu a calma, deu um murro na mesa, berrou possesso:

— E o que ia fazer lá? Responda, seu sem-vergonha de merda! O que ia fazer lá?

Notou que o capitão aprovava a violência, era assim que ele queria, nada de justiça, rebenque logo. Lisonjeado, o diretor explicou mais para ele do que para mim:

— O regulamento prevê a pena de expulsão para qualquer saída sem autorização dos limites do colégio. A culpa não é nossa, esse tratante vai pagar!

O capitão não ligou para a explicação. Na opinião dele, a pena era pouca. O diretor outra vez:

— O que ia fazer lá?

— Ela mandava me chamar.

— Ao senhor? — o capitão rompia o silêncio com espanto.

Tratava-me de "senhor". Minhas virtudes nunca haviam me dado a dignidade de um tratamento respeitoso. As safadezas davam. Continuei:

— Ela me chamava, a mim e a outros, muita gente... uma porção.

— Isso é uma infâmia! — o capitão berrou.

— São uns cretinos! — o diretor não aprovava também.

Tinha cara pungida o diretor, quem entrasse ali podia pensar mal, a mulher parecia a dele. No fundo, uma decepção, uma mulher daquelas, nas barbas, todo mundo se fartar, menos ele.

A cólera do capitão era, com razão, mais profunda. Ameaçava tomar corpo contra o meu corpo, senti um cheiro de pancada no ar.

— O senhor... tem a coragem... de dizer isso! Minha mulher é que...

— Sim, havia uma tabela...

— Cale-se! — gritou o diretor revoltado. — Um verdadeiro absurdo! — E para o capitão: — Esse menino mente como um verme!

Eu não sabia que verme mentia, de verme só sabia os vermífugos, o óleo de rícino, suando no peniquinho. Verme podia mentir, eu é que não mentia, dizia a verdade, a pura e tão só verdade, conforme o diretor havia pedido.

Os dois foram para o canto, conferenciaram baixinho, volta e meia me olhavam, avaliando. O capitão olhava para as minhas calças, parecia avaliar o meu pau, na certa imaginava grande. Suava frio, tinha cara de ser atrofiado, de tanto quicar no cavalo.

Traçaram planos de combate. Voltaram decididos a botar tudo em "pratos limpos" — foi a expressão que o diretor usou:

— Precisamos botar tudo em pratos limpos. O capitão aqui presente achou o casquete embaixo da cama conjugal (*pigarro sem querer*). Supôs, e supôs certo, que a esposa cometera adultério com o dono do casquete. Ora, "habemus confitentem reum!" (*tossiu outra vez, de propósito, para acentuar o latinório*), você acaba de confessar que o casquete é seu. Até aí, muito bem. Queremos, contudo, apelando para a sua consciência, perguntar se a acusação feita é verdadeira. Você a confirma?

Foi a vez de me espantar:

— Que acusação? Não acusei ninguém!

O diretor fez cara de não ter sido entendido, explicou melhor:

— Você disse que ela chamava outros, falou numa tabela...

— É verdade.

O capitão não aguentou, avançou, segurou minha gola, espumando de raiva:

— Repete, repete...

O diretor se interpôs, nada de pancada, ali era só justiça. Conciliador:

— Muito bem, nós...

O capitão tremeu e corrigiu:

— Muito mal!

— ...de qualquer forma acreditamos nessa... tabela. Queremos saber os nomes dos outros, todos os que estavam na... tabela (*a palavra saía difícil de sua boca*).

— Não posso, nós fizemos um pacto de honra...

O capitão berrou, vermelho:

— O miserável fala em honra!...

A bofetada cantou na minha cara, escureceu a vista, eu ia avançar, batia nele, poder podia, não era fraco. Mas a bofetada era merecida, coerente, eu manchara a cara dele com coisa pior, definitiva. Bofetada passava, chifre nunca.

O diretor aprovou por dentro a bofetada, mas por fora pediu calma, "vamos com calma, não precisamos apelar para a violência", ele era pela persuasão, passara o tempo da punição corporal.

— Você será expulso, levará o certificado vermelho, não poderá matricular-se em nenhum outro colégio. Seu futuro ficará comprometido, todos os colégios se fecharão para você... nada aprenderá... permanecerá ignorante toda a vida.

Olhou para o capitão, buscando aprovação para o hediondo destino que me profetizara. O capitão não ligou, tanto lhe fazia que eu fosse lixeiro ou sumo pontífice.

— Entretanto — continuou o diretor —, daremos uma oportunidade, embora você não a mereça. A expulsão é certa, o artigo cento e setenta e um e seguintes do nosso regulamento são claros. Podemos, porém, evitar o certificado vermelho, nada comunicando ao Ministério da Educação. Sua ficha continuará limpa, nela não constará a expulsão por falta tão grave, perderá o ano, mas poderá matricular-se em outro colégio no ano que vem. Condicionamos o favor, grande favor aliás, se você nos der os nomes de todos os outros...

— Que outros?

— Os outros metidos nessa... nessa... lamentável situação!...

Achado, esse "lamentável situação". O capitão também se sentiu com mais dignidade, não havia tabela, havia uma situação lamentável.

"Esses porcos querem me comprar!"

O diretor me olhava, esperando. Fiquei calado, disposto à tortura.

Ele perdeu a paciência:

— Quero o nome de todos os seus... cúmplices!

O capitão pareceu gostar daquele "cúmplices". Se eu dissesse cinco nomes recuperaria sua honra, era isso que parecia.

Permaneci irredutível. Herói no duro.

— Não posso dizer, nós juramos, um por todos, todos por um, não sou traidor.

— Cretino!

— Pulha!

— Miserável!

Depois de alguns palavrões que achei merecidos, a tempestade amainou para o lado do diretor. A do capitão durou mais ainda, só parou quando recomeçou a inquisição:

— Você está disposto a sofrer as consequências?

— Estou. Não fui o único, outros também foram chamados por ela. Mas o casquete é meu, azar, aguento as consequências.

— Todas?

— Todas!

O diretor olhou para o capitão, o capitão olhou para o diretor. Percebi que seria feita uma revelação terrível, o adultério seria secundário, sem importância, subproduto de crime maior.

Iam soltar a bomba. Quem a soltou, cara devastada pelo horror, fazendo um largo gesto com a mão, foi o diretor:

— A esposa do capitão está grávida!

Sem querer, acabou com a mão apontando para a barriga do próprio capitão, parecia que ele é que estava grávido, não a mulher.

— Está grávida! — gritou o capitão, como se só agora soubesse, e quisesse infectar o universo inteiro, botar a gravidez para fora ali mesmo.

Eu fiquei quieto.

O diretor teve o mau gosto de ser irônico:

— Você não acredita na cegonha, hein?

— Que cegonha?

O capitão continuava a dar voltas pelo gabinete, os pulsos agredindo o ar, fazendo gestos de afogado, gritando para melhor se convencer da desgraça:

— Está grávida! Grávida!

Sem má intenção, perguntei o que tinha a gravidez comigo.

— Cínico!

— Se te pego num quartel! — ameaçou o capitão.

Eu estava confuso por dentro. Sabia vagamente dessas coisas, no fundo achava porcaria, uma simples lambuzada fazer criancinhas. Apesar dos 15 anos, foi coisa que custei a admitir, aceitava por fora, por dentro mantinha a dúvida. Julinho me ensinara errado, todo mundo errado, o certo era outra coisa qualquer, menos aquilo, criancinhas não podiam nascer por causa das lambuzadas, Julinho já errara também, dizia que urinar contra o vento dava gonorreia, podia estar errado outra vez — era minha última esperança.

Nada feito. Lambuzada em mulher dava filho mesmo. E agora? Quem lambuzara para valer? Tanta gente! Até mesmo o capitão.

Perguntei isso. Sem maldade.

— Fique sabendo que eu não mantinha relações com ela há muito tempo!...

— Fez mal — comentei.

O capitão levantou o braço, nova bofetada a caminho, o diretor meteu-se no meio, levou as sobras.

Tentou explicar:

— Por isso fizemos questão dos nomes, para repartir as responsabilidades.

Raciocinei por fim.

— Posso dizer uma coisa? — perguntei.

Espantados, não me deram resposta. Podia.

— É melhor que o culpado seja um só. Não posso garantir nada, fui uma vez para valer, na outra não houve nada. De qualquer forma, fui o descoberto, não adianta procurar o responsável... se for para ficar com a mulher...

O diretor riu, da bobagem:

— O caso não é esse.

O capitão nem me ouvia. Ele agora parecia não entender o que estava fazendo ali.

— Sou o responsável, pronto. Se o capitão precisar de sangue, não precisa promover um massacre...

— Ninguém falou em sangue — o diretor assustado com o rumo, querendo dar fim ao caso.

— Mas talvez venha a se falar! — o capitão alvoroçado com a ideia que eu mesmo lembrara.

O diretor ajudou o fim. De nada adiantava derramar sangue de um se muitos eram culpados. O capitão caiu em si e na poltrona, o chifre batendo no teto.

Admitiu tudo. A esposa infiel há muito, ele habituado, não estrilava, aceitava os fatos, a mulher não podia viver sem o adultério, ele não podia viver sem ela, o jeito era viverem os três debaixo do mesmo teto, por cima da mesma cama.

O caso trazia um fato novo para sua capacidade de engolir as amargas da vida: um filho. Um filho que ninguém sabia de quem era, concordava que eu não mentia, muitos outros petiscavam dela, não adiantava arrancar mais nomes, tanto fazia, o melhor mesmo era se resignar, ficar com a mulher, os chifres, o filho — vida dura, ainda bem que a mãe dele não mais vivia, senão ia falar pra burro.

Não precisou dizer tudo isso, meias palavras apenas, mas eu e o diretor entendemos assim. Resignação franciscana, nem frei André era assim quando, na aula de latim, eu dizia "láudamus" em vez de "laudámus". Apesar de se mostrar resignado, o capitão exigia um castigo duro para mim, o pior possível.

O diretor protestou, mão no peito, de tal ele se encarregaria, eu seria expulso, levaria o certificado vermelho, ficaria impossibilitado de continuar os estudos, nenhum colégio me aceitaria, teria vida ingrata e miserável — o que no fundo deu certo.

Tanto castigo não bastou para desagravar o capitão. Perguntou se não havia outros meios. Não havia: se fosse no quartel, eu pagava.

Recebi ordem para arrumar minhas coisas. O sino tocou, as aulas pararam. Ritual só reservado para as grandes situações. O pessoal reunido, professores, alunos, empregados, apinhado o salão principal, onde se recebia o ministro da Educação nos dias de formatura.

Com certa falta de tato, o diretor perguntou se o capitão queria "prestigiar a solenidade". O capitão declinou — não, não queria.

As coisas estavam nesse pé, tudo serenado. Veio então aquilo, a droga que sobe de dentro feito um vômito, um gosto azedo na boca, a garganta entupida, tenho de lançar tudo para fora:

— Capitão, eu disse a verdade, muita gente andou também com ela, eu só fui uma vez, das outras não fiz nada. O pai da criança pode ser muita gente, quer dizer, poder pode, agora, garanto que o filho é meu, isso garanto.

As iras amainadas foram despertadas com a provocação. O capitão avançou para mim:

— Como sabe? Diga! Diga logo!

Mas como explicar? Não adiantava falar da predestinação dos equívocos. Eu era o equívoco de um ventre, entre mim e o ventre havia um pacto. Milhares de jovens nascem de ventres certos, trepam com ventres certos, quando querem fazer filhos, emprenham o ventre certo.

Eu não. Tudo errado. Tudo e todo errado. Nascera de ventre errado que me repelira, me detestara. Envergonhei o ventre que me gerou. Nada de admirar — lógico até — que o ventre que me deflorasse recebesse desastrada fecundação.

No nosso livro de latim havia histórias, um imperador romano que desejava uma só cabeça para seus súditos, queria num só golpe de espada decapitar a todos.

Lembrei daquilo. Queria coisa parecida, todas as mulheres com um ventre só. Fecundaria todas de uma só vez. Depois, num só golpe de navalha, arrebentaria a todos, com seus repugnantes fetos.

Segunda parte

Eu e o Ventre

Um ano longe, em Maceió. Arranjara emprego numa loja comercial, mistura de armarinho e mercearia, o patrão não foi com a minha cara, eu não fui com a dele, em menos de um mês dei o fora, procurei outra coisa para fazer. Tirei carteira de motorista, aprendi um pouco de mecânica, ia trabalhar na manutenção, mas houve uma greve na empresa, sobrou uma vaga, acabei motorista na linha que fazia o percurso Centro–Pajuçara, um dos mais disputados por sinal.

Gostava do itinerário, as praias eram bonitas. Tinha 19 anos, não dirigia mal, não pretendia grande coisa na vida — nem tinha esse direito.

Nos dias de folga, que eram as terças-feiras, eu não sabia o que fazer.

Dez meses na cidade, só conhecia o percurso do meu ônibus, beirando o mar sempre. Ignorava as outras ruas da cidade e do mundo — não importavam: minha cidade, meu mundo eram aqueles.

O mundo até que podia ser interessante, mas a cidade, em si, era feia e triste. Havia o mar, apenas, um mar estranho e verde, chegava a doer quando o sol forte batia forte nele. Dava a impressão de ser mais salgado do que o mar que eu conhecia no Rio, azulado, um pouco frio, por causa das correntes marítimas que vinham do polo sul — me explicaram.

Gostava de passear pelas praias abandonadas. Ouvir o ronco do mar, os roncos aliás, pois havia dois, como em duas orquestras desafinadas. Um era suave, vinha morrer mansamente na praia. O outro, mais longe, na arrebentação dos recifes de coral, era brutal, devasso.

E havia o vento no coqueiral esparramado, canto de palmas rasgadas, grito vegetal que vinha de alma nenhuma.

Isso mesmo. O mar, o coqueiral, os recifes, o vento, tudo aquilo queria ter alma. Eu tinha.

"O mar quer é gozar!"

Era um gigante sepultado vivo no abismo, bramindo, também ele insatisfeito. Não bastavam os náufragos, a alma e o corpo dos náufragos sugados por suas ondas?

Uma jangada branquinha, cortando a linha dos recifes, aproximava-se da praia.

Quem inventou a jangada?

O triângulo de vela branca cortando o azul do céu, um ponto preto manchando o verde da água.

"Naquele ponto preto existem homens."

Homens que dominaram o mar. Que exploram o mar, que retiram as vísceras do mar para vender aqui fora, para alimentar as vísceras de outros homens.

Pensava: "Um dia andarei de jangada!" Para quê? Não sei fazer nada no mar, para mim é uma inutilidade bonita.

Seria bom vencer as águas dentro daqueles pedacinhos de madeira arrastados pela vela branca.

Ficaria deitado no fundo, olhando o ponto em que o verde do mar se mistura com o azul do céu. No meio, bojuda como nuvem em dia claro, a vela me arrastando, arrastando fosse lá para onde.

Tinha de voltar, isso era chato, sempre se volta. Por que não se vai sempre para a frente, não precisa ser reto, apenas para a frente sempre?

"O trabalho, o ônibus, os passageiros, o itinerário, tudo me chama e me prende em suas dobras. Lá longe, muito longe, tem Helena. E tem o pó, aqui embaixo, a me esperar. Tudo isso pede que eu volte."

O calor subia pelo rosto, não gostava de pensar na volta, sabia que me chamavam, alguma coisa sempre me chamava.

"Não, dessa vez eu não volto, prefiro estourar na arrebentação, ou explodir com meu ônibus!"

No fundo, eu sabia que voltaria. Um ímã invisível, de longe, guiava meus passos, dando-me pouco espaço para a liberdade, como numa jaula.

~

A jangada se aproximou, a vela não era tão branca assim, era suja, salgada, tinha remendos. Dizer que aquilo — trapo imundo, roto — vencera mais uma vez o mar.

Um homem pulou antes, em manobra rápida imobilizou a coisa que chegava de longe com gosto de mundo. Na vela, o cheiro forte dos ventos do mundo.

Os outros pularam depois, empurraram a jangada para a praia. Largaram as cordas, a vela se abanou, ridícula ao vento, sem vida, sem forma, cadáver de pano.

Os homens nem me olhavam, eu não era nada para eles. E eles, o que eram para mim?

Jangada apenas.

Há pouco, aquilo tudo não passava da mancha no meio do verde. Agora, era uma porção de coisas separadas, embrulhadas, com donos, com leis, com ódios.

“Talvez se odeiem. Desejam as mulheres um do outro.”

— Muito peixe? — perguntei.

Resposta demorada, os homens não gostavam de falar, cada um esperou que o outro respondesse. Um deles, afinal, disse com dificuldade, arrastado:

— O mar anda ruim.

Cuspiu. O cuspe boiou um pouco na areia quente, fervendo. Depois a areia chupou.

“Falam como cospem.”

Havia o cesto, coisa pequena, peixinhos miúdos, combalidos. O mar ali, vasto, tanta coisa no seu ventre inchado de monstro. Os homens o venceram para trazer aquilo. O mar é que estava ruim.

Havia uns rolos de madeira, puxaram a jangada para fora, um homem esqueceu o dedo, a jangada passou por cima. Não deu um grito, olhou o dedo, não parecia o dele, chupou com força, ninguém ligou.

Na cidade, aquilo seria acidente de trabalho, dava direitos, o Estado se mexeria por causa do dedo. Ali, nada. Tudo indiferente, nada valia nada, hoje o dedo, amanhã o homem, inteiro, tragado pela jangada.

“Para que estou aqui?”

Achei estúpido me preocupar com a jangada. Odiei o dia de folga, o nada pela frente. Eu só queria o meu itinerário, a lombriga de ruas e praias desdobrando-se diante dos olhos, prendendo meu corpo em cada curva, amarrando a carne em cada dobra. Isso, sim, era bom.

Do outro lado, na avenida que costeia a praia, passavam os ônibus, velhos, novos, uma porção de cores. Não sabia direito as cores do meu, tantas! Só a faixa do meio, vermelha. Gostava dele, amava o barulho do seu motor, conhecia-o de sobra, adivinhava sua preguiça e seu cansaço. Batida simpática, os cilindros certinhos, um depois do outro, sem falhar um. Barulho bom de coisa que não existia, um dia não mais existirá, mas em dado momento existe, existe e sofre e cansa nas ferragens, nos aços, no sangue negro e pastoso dos óleos lubrificantes.

Barulho imbecil só o do mar, existiu antes da gente, existirá depois da gente.

Morava num quarto, em casa de família, lá para as bandas do Mercado, no trecho mais feio e triste da cidade feia e triste. A brisa do mar não chegava ali, um calor bárbaro. Mas o aluguel barato, a família sem exigências, só não podia trazer mulher para dentro, no mais gente amorfa, sem inspirar sentimento algum, nem mesmo indiferença.

Sentia-me tranquilo assim, me atrapalhava gostar ou não gostar dos outros e das coisas. Bom mesmo era flutuar no neutro, nem mar nem terra, estreito espaço apenas.

Às vezes saía à noite, um cinema ordinário, um trago no bar ao lado do Teatro Deodoro. Quando não saía, ficava fumando na varanda que dava para o quintal e onde havia coqueiros. Em noites de lua, era bonito e bom ficar ali.

Naquele dia, vontade nenhuma. Nem saí nem fiquei fumando na varanda. O pessoal estranhou. Perguntaram se eu estava doente, disse que sim, ou melhor, mais ou menos — me deixaram em paz. Eu estava, na verdade, mais ou menos.

Deitei cedo. Cansado de verde. O mar entrando nos olhos, eles doíam, doíam de verde. No escuro, eu apertava as pálpebras, surgia então uma tela verde movendo-se disforme, diante de mim. Quis pensar em outra coisa, na jangada. Mas o mar tragava tudo, tudo era verde, a jangada verde, os homens da jangada eram verdes. Lembrei o cuspe, entranhando na areia quente. O cuspe, agora verde, perdia-se no verde maior que a noite escurecia.

“Não quero voltar. Estou bem assim, sozinho, tudo verde à minha volta, parece alucinação, uma alucinação verde, nada existe além do verde.”

Havia os outros, eu sabia. O pai me detestando, o irmão me amando ao modo dele. E havia Helena. Que coisa eu seria para Helena? Quase nada, pior do que nada. Talvez por isso não a esquecia e, de certa forma, não a perdoava.

Estavam todos escondidos na escuridão além do verde. Lá estavam, o pai aloucado, o irmão torturado. Helena se esfregando nele, nunca pensava nela falando, dormindo, comendo, estudando. Estavam todos no escuro que eu criara para eles.

Cheguei a tentar um truque, trazendo-os de volta, dissolvendo-os no painel verde que tinha diante dos olhos, sem nada além. Queria que todos fossem chupados pelo verde, como o cuspe do homem da jangada fora chupado pela areia quente.

Mas o verde os respeitava, eles ficavam intactos, só eles não verdes, me olhando, severos, olhando só para me sacanear.

Sei lá se cheguei a dormir. De repente, todos se tornaram verdes. Continuei a apertá-los, esmagando aqueles fantasmas verdes. Apertei-os tanto que começou a nascer uma coisa salgada dentro deles, não era verde e tinha a cor (e o gosto) de outra coisa.

No dia seguinte, firme ao volante, desdobrando o roteiro que me satisfazia, rua depois de rua, as mesmas casas, os mesmos passageiros. Ao meio-dia, calor insuportável, a poeira subindo, todos suavam e fediam.

Gostava daquilo, do cheiro de gente, gente sem história, gente estranha dependendo de mim, dos meus olhos, de minhas mãos, de meus pés, de meu raciocínio mecânico. Podia matar a todos, bastava um movimento do pulso, jogá-los naquela ponte, ou atirar o ônibus em cima de outro na pista contrária.

Seria incapaz de fazer isso, não que gostasse deles. Era bom saber que dependiam de mim e ninguém sabia o meu nome, como era o som da minha voz. Gente honesta, certinha na vida, arrumada, cheia de rótulos, catalogada, dependendo de um camarada que no fundo era uma coisa sem nome.

Junto ao escritório da Western, todos os dias, o mesmo homem tomava o meu ônibus. Devia trabalhar no centro, era um senhor respeitável, parecia um pouco com o pai. Ele ficara diferente depois de tudo.

Lembrava quando cheguei em casa, depois da expulsão no colégio. O pai não disse nada. Em outros tempos, faria a cara severa, a cara dos Severos que estavam na fotografia pendurada no escritório dele.

Escolhia as palavras, dizia a frio o que pensava sobre mim, sempre controlado, sem emoção.

Era o que doía. Nunca teve rompantes comigo, nada de raiva misturada com pena ou carinho. Eu então me sentia um réptil — um cão não amado que procura o canto mais triste para se esconder.

Viu que eu chegava com as malas, com os livros, mostrei-lhe a comunicação com a assinatura do diretor lá embaixo. O pai estava sentado, sentado continuou, parecia nem notar a minha presença. Foi o irmão quem providenciou uma arrumação para mim, levando-me ao quarto que antes era do pai e de minha mãe.

Estranhei:

— E ele? Onde ele dorme?

— Não deita mais. Passa o tempo todo ali, na cadeira de balanço, olhando as paredes.

Sobram sempre as paredes, para os loucos.

O padrinho apareceu à noite. Veio agitado, imaginando que precisava tomar providências. Chamou-me para conversar, segurou minha mão, explicou como estavam as coisas. O pai inútil, nada queria e nada tinha a fazer, só esperar o pior. Tratássemos da vida, o irmão, apesar da asma, teria de ir para um internato, um colégio bem melhor e mais caro do que aquele em que eu ficara interno. Era problema resolvido. Sobrava eu. Só me restava um caminho: o trabalho.

Disse que estava se mexendo, tratava de conseguir um emprego para mim, conhecia o gerente de uma camisaria na rua da Carioca, ia falar, quem sabe arranjasse. Começava caixeiro, podia subir.

Com o irmão no internato e enquanto não arranjasse emprego, eu teria de ficar tomando conta da casa e do pai. Ele próprio se encarregaria das despesas, tinha procuração para administrar os poucos imóveis que agora constituiriam a renda única da família.

O padrinho comunicou-me tudo isso sem esperar que eu discordasse. Esperava submissão, mesmo porque estava na cara que eu não tinha alternativas. Ignorava que eu não poderia continuar ali, tomando conta de uma casa que nunca fora minha, olhando o pai que não era o meu. Eu detestava o pai e a casa. O pai era uma vergonha, a casa, um pesadelo. Ali mesmo o dr. Moreira receitando óleos, óleos disso e daquilo, a mãe me obrigando a tampar o nariz, "toma", "toma", para fazer a vontade do outro, o canalha.

Dormi só uma noite. Revirei-me na cama, na mesma cama em que a outra rebolara, em que fizera o irmão, me fizera com o outro, depois federa em cima, pâncreas podre.

Minhas duas malas ficaram arrumadas, nem me dei o trabalho de desfazê-las. Sabia onde o pai guardava dinheiro, na gaveta maior do armário, debaixo de um livro da mãe dele, as páginas soltas, em francês, edição popular do *Traité de la vraie dévotion*, dum tal Montfort, o pai lia às vezes para meu irmão entender e se edificar.

Tirei algumas notas, mais ou menos um terço delas, raciocinando com equidade: um terço ficaria para o pai, um terço para o irmão, um terço para mim. Foi o inventário mais rápido da justiça humana.

Aquilo seria roubo? Tinha o direito de apanhar aquele dinheiro? Eu não podia viver naquela casa, acabaria louco ou assassino. Precisava de recursos para fugir, me aguentar uns tempos até arranjar emprego, não a camisaria prometida pelo padrinho, mas outra coisa qualquer, que dependesse só de mim desde o início. Não havia escolha, e mesmo que houvesse eu iria embora do mesmo jeito, para viver longe, esquecer o que pudesse, o que não pudesse me danar.

Rompeu a madrugada e já estava na rua. Antes cruzei com o pai, que passara a noite na cadeira de balanço, os olhos abertos, dilatados, caindo das órbitas escuras.

Viu tudo, tenho a certeza. Viu que eu estava fugindo, não fez nada, nem piscou, parecia um cadáver que apenas respirava, os olhos nem sequer olhavam.

Se eu tivesse um alfinete à mão, espetaria no pescoço dele, não para feri-lo ou magoá-lo, apenas para ver correr sangue, sangue que não corria em mim e que nos separava. Que ele tivesse vergonha de mim, certo, ficava dentro do natural das coisas. Que eu me envergonhasse dele, também certo, tinha meus motivos. Mas podíamos, pelo menos, tentar um caminho para nos suportarmos, falando cada qual o que nos entupia: "corno!", "filho da puta!". Eu ficaria com o que era meu, ele ficaria com o que era dele.

Na rua, eu me senti livre, embora fosse apenas um rapaz com duas malas, algum dinheiro no bolso e vontade nenhuma de fazer aquilo que o padrinho pretendia de mim: *subir*. Tomei um táxi, rumei para o aeroporto, bati os guichês, os aviões lotados, apenas um, para Recife, com escala em Maceió, tinha vaga até lá.

— Onde é Maceió? — perguntei.

O homem do guichê não respondeu, pensou que era brincadeira, mas não era. Sempre fui ruim em geografia, sabia mal e porcamente as capitais, assim a frio precisava investigar, mexer mais e fundo na memória. Adotara um processo dispendioso, começando pelo Norte e acabando no Sul.

Amazonas, capital Manaus. Pará, capital Belém. Maranhão, capital São Luís. Ceará, capital Fortaleza. Rio Grande do Norte, capital Natal. Paraíba, capital João Pessoa. Pernambuco, capital Recife. Alagoas, capital Maceió...

Pronto, ali estava, Maceió, capital de Alagoas.

Mas acaso existiriam mesmo esses lugares todos? Ou tudo não passava de uma cretinice dos adultos para obrigar as crianças a se aporrinharem nas aulas e serem reprovadas nos exames?

Seria bom que me dissessem: "Nada disso existe. O mundo termina mesmo ali, naquela dobra do horizonte. O resto é o nada."

Maceió — pelo menos — existia mesmo. Lá estava o avião bojudo, a brilhar como um grande peixe prateado dentro do aquário da luz do sol.

Aquele gigante de aço, como enorme pulga, deu um pulo, tomou fôlego na Bahia e, à tardinha, despejou-me numa pista onde se lia, lá de cima, escrito a cal: "Maceió".

E agora era o meu ônibus, o meu itinerário de sempre, a cidade suja e feia, o mar exagerado e verde, os coqueirais rasgados, os passageiros suarentos, aquele senhor que se parecia com o pai.

E eu? Onde eu ficara naquilo tudo? Tinha a impressão de que estava oco por dentro. Alguma coisa minha — ou tudo — havia ficado em algum lugar. Eu precisava reencontrar esse tudo ou pelo menos essa alguma coisa. Mas isso seria a volta e eu não queria voltar. Preferia o roteiro que me prendia à vida, que me amarrava e me justificava.

Centro–Pajuçara. Pajuçara–Centro. Isso me desidratava, eu passara a ser coisa "minha". Olhando pela minha perspectiva, eu poderia até me considerar um vitorioso.

Sim, aí estava a vida. A minha vida. O que me importava o resto, os outros? Eu tinha aquela estrada. Era a minha estrada. A minha viagem. Estava consciente de que essa viagem era coisa minha, um câncer escondido em algum lugar dentro de mim, e que cresceria, cresceria, mas não me mataria, pelo contrário, me faria viver mais livremente, talvez mais intensamente.

Um câncer no ventre. A mãe também tivera um.

Largava o ônibus às quatro horas da tarde. Antes de ir para casa, ficava na praia um pouco, esperando as sombras, a noite que vinha certa, envolver o verde que me doía nos olhos.

Olhava além do quebra-mar, não via nada, o oceano parecia a órbita de um animal fantástico, sem o olho, uma órbita escura, oca. Aonde ia o verde todo? Aonde as espumas, aonde as ondas? Iam todos para a noite, dormir o sono do mundo.

A tarde morria e aparecia Yara. A tarde empurrava Yara para mim. Morena, olhos verdes, ignóbeis. Cara de bugre, 16 anos, selvagem.

— Yara, você é um bicho.

Ela ficava séria, gostava de dar dentadas, os dentes afiados e fortes, pareciam de gato. Certa vez, apanhou um tatuí na areia, quebrou com os dentes, comeu cru, com casca e tudo. Os lábios grossos, vermelhos, pedaços de carne que pareciam sangrar.

— Gosto de sua boca, Yara, é uma coisa viva, um bicho.

Ela ria. Ficava feia quando ria. Me perguntava:

— Por que seu nariz é grande?

Eu não podia explicar a origem do meu nariz. Até gostava dele quando Yara estava perto, ficava mais junto dela, o cheiro de Yara era gostoso, nem mato, nem marisco, alga menstruada, cheiro sem forma, vadio:

— Gosto do teu cheiro, Yara, cheiro de vela de jangada.

— Jangada tem cheiro? De peixe?

— Sim, um pouco de peixe, de mar, de vento.

Naquela tarde ela veio aborrecida, fez um montinho na praia, os dedos caprichando em pingar gotas de areia molhada formando torres que ameaçavam desabar. Concentrada como estava, o lábio dela caía, fruto pesado de seiva.

De repente, deu um pontapé naquilo tudo.

Sentou-se a meu lado, cotovelos apoiados no joelho, o queixo na mão:

— Estou chateada!

— Por que desmanchou o castelo?

— Que castelo?

— O que fazia na areia!

— Aquilo era um castelo?

— Sei lá! Era uma coisa, um castelo, uma catedral, um guindaste, um troço qualquer...

— Isso mesmo, fazia um troço qualquer.

— Por que desmanchou? Achei bonito.

O mar roncava, agonizando, a treva afogava a água, o verde ia ficando escuro até desaparecer na noite.

Yara falou:

— Você parece que está sempre chateado.

— Eu nunca estou nada.

— Não tem problemas?

— Isso é outra coisa.

— Não tem nada sério, como o Vadeco.

— Precisamente o Vadeco, não. Mas nem só Vadeco é problema. Há outros.

— Piores?

— Equivalentes.

Yara gostava de falar nele:

— Você não conhece o Vadeco.

— O homem que dá em cima de você?

Fez que sim com a cabeça.

— Hoje ele me apanhou à força e me beijou.

— Você não mordeu?

— Eu gostei.

Pronto. Yara fora beijada, eu não tinha nada a ver, nunca a beijaria, mas para que o outro a beijara? E gostara, a porquinha começava! Imaginava que, com aquela boca enorme, na hora do beijo ela gostasse de morder, bicho guloso, com fome.

"Já provaram homem."

Yara só me preocupava quando estava perto, longe não valia nada. Era o oposto de Helena, que quanto mais longe ficava, pior. De alguma forma, a partir daquele dia ela se tornou uma espécie de Helena menor.

Tomei-a nos braços, apertei-a contra mim, ela me deu a boca, uma boca cheirando a bicho. Os olhos dela, abertos, ficaram espantados. Eu sentia prazer em sentir aquele bicho mexendo na minha boca, os dentes afiados, a língua musculosa, morna, selvagem, parecendo um fruto.

"Está aporrinhada. Topa tudo quando está aporrinhada." Ela perguntou:

— Por que fez isso comigo?

— Me deu vontade.

— Só?

— Só.

Levantou-se, foi à beira d'água, molhou os pés, a pretexto de limpá-los, seria pior agora, a areia ficaria grudada. Tentou enfiar os sapatos, a areia incomodando, cansou, amarrou os cordões um no outro, pendurou no dedo. Permaneceu mais um pouco ali, a meu lado, olhando a areia, os restos do castelo.

Teve vontade, quase disse alguma coisa. Mas foi embora, sem uma palavra.

Fiquei só. Tudo escuro em volta. O mar era um barulho saindo da treva, acorrentado na noite. Yara se reduzira a um gosto de bicho na minha boca, engolia a saliva e Yara entrava dentro de mim. Era uma forma de comê-la. Tinha gosto de mar e noite — dois bichos que me rodeavam mas não chegavam a me ameaçar.

Quando voltei ao quarto, havia uma carta à minha espera. Como fora possível? Eu fugira em silêncio, sem deixar vestígios, apagando os rastros, embora julgasse inútil a precaução, ninguém teria interesse em me procurar.

Mas ali estava o envelope. Quis rasgá-lo sem ler, jogá-lo fora... Aquela carta era miserável.

Pesei o envelope.

Reconheci a letra enfeitada do padrinho. Imaginei a trabalheira para me localizar, achar meu endereço. Para quê? Para me mandar, cheio de selos e carimbos, um passado que não me interessava e o qual eu fazia força para esquecer.

"Vou ler amanhã. Dormirei esta noite em paz."

Deitei-me. Não queria pensar na carta. Mas eu a sentia. Coloquei-a dentro de um blusão, joguei-o na gaveta da cômoda.

Da cama, olhava o móvel que guardava a carta. Parecia que a cômoda inchava, que ia estourar, jogando-me à cara o retângulo de papel que me trazia a volta indesejada.

Para não pensar na carta, pensei em Yara, a que tinha cheiro de vela de jangada. Nunca pensava em Yara. Imaginei-a trepando com o tal Vadeco. Aquela boca que eu beijara, estaria beijando outra boca. E se não fosse a boca? Só parei de pensar naquilo quando desconfiei que estava transferindo para Yara a mesma carga de angústia que Helena me provocava. Além do mais, era imbecil continuar naquilo, trocando angústia velha por angústia nova.

Quando acordei, ignorei a carta.

"Não vou lê-la. Nem hoje, nem nunca."

Fui trabalhar. O ônibus, o itinerário de sempre, esqueci a carta.

Centro–Pajuçara. Pajuçara–Centro.

Pelo meio-dia, ao passar pela Western, o senhor que se parecia com o pai tomou o ônibus. O carro estava lotado, eu seguia, insensível, ligado à minha máquina.

Primeira, segunda, sinal vermelho, freio, primeira novamente, estico um pouco, engato a terceira. Um camarada dobrava a rua e fez o sinal para que parasse. Não parei. Ele apanhou caneta e papel, tomou nota da placa, vai fazer reclamação. Foda-se.

Atrás de mim um sujeito de fora, com pinta de sulista, queria saber onde era o Gogó da Ema. Recebeu explicações. O homem ficou encabulado, fingiu que havia entendido. Olhei-o pelo espelho. Viera de longe para ver um coqueiro torto. Eu não era bem um coqueiro, mas era torto. Os coqueiros tortos servem para o turismo, para os cartões-postais, os quadros dos pintores acadêmicos.

Os homens tortos para que servem?

Súbito, um calor me subiu pelo rosto. Logo senti vontade de vomitar, a boca amargava, a testa encharcada de suor.

Sabia o que era.

Encostei o ônibus na calçada. Deixei o volante e encarei os passageiros como se não soubesse o que eles faziam em torno de mim. Olhavam-me espantados, ignorando o que se passava.

"O que tenho a ver com esses idiotas?"

O que falei foi outra coisa: "Vão todos para a puta que pariu!"

Desci do ônibus. Os protestos se generalizaram, ameaçaram punições, um senhor de óculos, respeitável, chegou a esboçar uma negociação. Mas a maioria ofendia a minha mãe.

Eu estava livre. E quando se está livre pode-se fazer tudo, inclusive voltar para as grades.

Na minha frente, estava aquela coisa. Uma coisa esquisita, que já foi e não é mais. "O pai está louco", pensava. "Passa os dias ali sem sentir nada. Por que não se mata de uma vez? É tão simples. Para que agarrar-se à vida, por que não se aniquila na grande noite, na única treva?"

"Ele é um porco. Gosta da vida como as galinhas que esperneiam diante da faca."

Afinal, para que mandaram me chamar? Para assistir àquilo? Passar os dias naquela casa hostil, fantasmas nunca mortos saindo das paredes, defronte daquela coisa com a expressão de que ia soltar uma gargalhada? Por que não dava logo a gargalhada que lhe entupia a garganta e o sufocava?

Era a segunda semana ao lado daquela coisa estúpida. Aquilo nem era o meu pai — era eu quem tinha a vontade e o direito de rir. O padrinho escrevera: "Venha assistir aos últimos momentos de seu pai."

Assistir aos últimos momentos... O que serão os últimos momentos? Eu já tive vários últimos momentos. O último momento de colégio, o último momento de Maceió.

Pensava sobretudo em Maceió. Para mim, o meu ônibus ainda estava parado no mesmo lugar. Adivinhava a exaltação dos passageiros, exibiam bilhetes que davam direitos — eu os violara em coisa sagrada.

Fui procurar condução para voltar ao Rio. Só encontrei avião para dois dias depois.

No último dia, esperava a tarde. Quando caiu, enxotou Yara para cima de mim.

— Por que vai mudar a vida? — perguntou.

— A vida não vai mudar, a vida não muda nunca. — Eu estava triste, sentimental. — A vida não vale a vida.

Olhava o mar verde, última vez, mar último momento. Olhos de Yara também. Lembrei o beijo que lhe dera, fora numa tarde igual.

— Não esquecerei, Yara.

— Nem eu.

Baixou os olhos. Tinha a expressão estranha, não aporrinhada, triste apenas, mas não por minha causa.

— Que que há?

— Vadeco quase...

— Quase? Por quê?

Deu de ombros, ela não sabia. Confessei:

— Também tive vontade...

Sombra dura no olhar de Yara:

— Algum dia terá de acontecer. Vadeco, você ou outro qualquer, isso é que faz a vida besta, as coisas acontecendo porque têm de acontecer, a gente não valendo nada, só esperando a hora das coisas. De qualquer forma, não gostaria que fosse você.

— Nunca?

— Nunca. Eu gosto de você.

— Também eu, Yara, mas em outras circunstâncias...

— Onde?

— Num lugar que eu mesmo não sei, onde perdi não sei o que e nunca mais encontrei.

Ela continuou olhando o chão. Seus pés eram estranhos, tudo nela era selvagem, menos os pés, pareciam de outra pessoa dentro dela.

Ficou mexendo a areia, estava chateada, os pés queriam sair voando, ela os enterrava para ficarem presos na areia.

— E se eu fosse para a cama com você? — perguntou.

— Talvez.

Ela baixou mais ainda os olhos, os pés sumiram na areia.

— Teria coragem de fazer isso comigo?

Não era questão de coragem. Se eu fosse para a cama com uma menina de 16 anos, a sociedade faria inquéritos, há leis a respeito, a polícia, os juízes, os padres, os jornais, a opinião pública, tudo isso se meteria numa coisa tão simples e que independe tanto dos outros. Nós frustraríamos isso tudo, roubaríamos toda essa gente se fôssemos para a cama e ficássemos olhando um ao outro...

Estava relaxada agora, eu a distraía e ela então não mais me angustiava, éramos felizes num modo breve.

— Não tenha medo, nunca iremos para a cama. Quando me der vontade, uma vontade muito forte mesmo, não vou me enfiar com você num quarto abafado, cheirando a safadeza dos outros. Faria aqui mesmo, na praia, ouvindo o barulho do mar.

Ela apanhou um punhado de areia:

— Meu sangue mancharia essa areia.

— O mar lavava amanhã. E crianças com mãos inocentes viriam procurar conchinhas aqui. É um detalhe sem importância. Eu não amaria Yara num quarto, nem beberia champanhe num penico.

— Você já bebeu champanhe em penico?

Yara estava divertida. Seus olhos brilhavam, seus pés estavam quietos, não mais queriam voar, estavam bem ali, em paz com ela mesma, e comigo.

— Sabe que o nome aqui é vaso da noite? Não acha bonito: "vaso da noite"?

Tive de lhe dizer, com seriedade:

— Vou sentir sua falta, Yara.

— Então — respondeu — vou dizer uma coisa que não desejava dizer: não quero que vá embora.

Aquilo não me desconcertou nem comoveu:

— Você queria que eu a esperasse todas as tardes: "Vadeco me beijou, Vadeco disse isso, disse aquilo, Vadeco tem os olhos mansos, Vadeco quer se matar..."

Yara ficou dura. Seus olhos brilharam, de raiva. Os pés enterrados na areia:

— Eu sou limpa, ouviu? Quando as unhas crescem, corto as unhas. Você não. Guarda tudo dentro. Você é sujo, não solta a podridão para fora. Talvez goste da podridão. Morrerá um dia, entupido nela!

Agarrei-a quando tentava se levantar. Ela ainda me olhou com ódio. E medo. Amassei sua cabeça contra a areia. Seus pés se bateram, metade querendo afundar mais ainda, metade querendo voar. Mansamente foram se aquietando, acabaram se imobilizando. Ela então me enlaçou a nuca e me aceitou, com fome. Na hora em que gritou mais forte, uma onda quebrava na praia, fervendo.

Longe, na arrebentação dos recifes, o mar roncava, bestial, com cio.

Aquilo tudo estava distante. Nem parecia ter acontecido. Já confundia as coisas que não eram mais com nunca ter sido. E fora também um último momento. Devia ter me matado depois. Deve ser bom morrer em tranquilidade, num momento bom. Para que esperar os enfartes, os espasmos cerebrais, a bexiga presa ou solta, a próstata inflamada, o câncer no reto?

Porcaria viver até o fim. Arrastar doenças e deformações da idade, a morte com penicos embaixo das cobertas, sondas fedorentas, urinas rebeldes, parentes e vizinhos aproveitando a confusão para se certificarem se temos fimose ou como somos por dentro. O suicídio é higiênico, prático, barato. Não aporrinha ninguém. Nem os médicos para dar palpites, nem os padres para as bênçãos, nem os amigos para as missas de sétimo dia.

O pai se mexia às vezes, na cadeira de balanço. Eu tinha a impressão de que ele ia soltar um palavrão e gargalhar até estourar as artérias endurecidas.

O irmão regressara ao colégio pela manhã. Passara alguns dias comigo, a tomar conta do pai. Mas ontem o médico dissera que ele poderia morrer a qualquer instante, já ou daqui a vinte anos. O irmão tinha pressa, não podia esperar tanto tempo, o futuro dele não podia esperar vinte anos, as aulas, os exames, os livros exigiam coisas imediatas que tinham de acontecer umas depois de outras, numa sucessão ordenada, sem hiatos.

Eu podia. Quem nunca esperou por nada tem paciência e tempo para esperar vinte anos. Nem que seja para ver as nuvens formarem no céu um dragão.

Eram dez horas da noite, pouco mais talvez. Ouvi o relógio bater. Contei as batidas para me distrair. Pouco depois me levantei.

Nesse momento tive a impressão de ter visto alguma coisa se mexer no olhar do pai. Havia muito que nada se mexia naquele olhar. E eu tinha a certeza, alguma coisa acabara de se mexer agora, um estremecimento, uma centelha passara por aquelas pupilas que não brilhavam mais.

O rosto continuava o mesmo, a mesma expressão do olhar. Fora um estremecimento rápido. Tudo voltou ao que era antes. O mesmo rosto amorfo. A mesma loucura no olhar.

Arrumei as cobertas no sofá, fui ao banheiro. Mudei de roupa, vesti o pijama. Quando voltei à sala notei que a cabeça dele caíra para o lado esquerdo. Dei a volta para olhar-lhe o rosto. Era o mesmo rosto, o mesmo olhar. Dos cantos da boca escorria-lhe uma baba grossa, opaca, como clara de ovo mal-batida.

Aquela coisa já não era mais. Acabara. Mas parecia ainda vivo. A cor da pele era a mesma, amarelada, triste.

"Deve estar frio", pensei.

O pai sempre fora frio. Uma das coisas que mais me desagradava nele era a frieza de seu corpo, uma frieza de réptil. Quando lhe beijava a mão, não era apenas ele que sentia nojo.

Agora, ele tinha um motivo para estar frio.

Então era isso. O pai morrera. Lá estava ele. Aquilo era um cadáver. Antes não era. Por quê? Qual a diferença entre o antes e o depois?

Imóveis, os pés dentro dos chinelos, descansados, confortáveis, parecia que iam sair andando de repente. Mas eu sabia que aqueles pés nunca mais andariam.

"Preciso fazer alguma coisa."

Fazer o quê? Ressuscitar aquela coisa? Enterrá-la? Deixá-la ali mesmo?

"Sim. É isso que vou fazer."

Chamaram-me para assistir aos últimos momentos daquela coisa. Eu assistira de má vontade a todos os seus últimos momentos. Agora não haveria mais momento algum para ele.

Despi o pijama. Fiz as malas. Habituara-me a fazer malas.

"Estou fazendo malas com frequência. Isso significa que estou começando a ficar importante ou vagabundo."

Às onze horas telefonei para o padrinho. Ficou agitado: "Vou já! Não tome providência alguma antes de me consultar."

Como não tencionava tomar providência alguma, não precisaria consultá-lo a respeito de nada. Decidi ir embora. Estava livre, era só — dono do meu destino.

Para sair, precisaria atravessar a sala, passar rente ao cadáver do pai. Evitei ir pela frente, fui por trás, sem fazer barulho, podia dar azar e ele despertar de repente.

E aí recomeçava tudo.

Parei um instante. Olhei bem a sua nuca. Era uma nuca vencida. A nuca pouco se altera com a morte. É importante uma nuca, tem dignidade, une a cabeça ao resto do corpo, por ela passam os instintos, a angústia, a dor do homem.

Tive ódio de mim mesmo por não ter amado aquele homem. Ele sofrera, o sofrimento diviniza a matéria canalha, Cristo só convence como Deus pregado na cruz, no berço é apenas uma criança.

Eu não fora nada se não fosse a sua constante vergonha. Mais que nunca senti então: ali estava o *meu* pai.

Eu e ele. Pela primeira vez. Até então era sempre ele e eu.

Um superado, além dos problemas, finalmente quieto. O outro na fila, esperando a vez de substituí-lo no trapézio, até cair vencido, com nuca igual. Mais do que uma predestinação, era um ofício.

De repente, tive nojo daquilo. O ar estava impregnado de morte. Havia miasmas pelo ar, os vermes começavam a comer o pai e, saciados, voavam. Entravam pelas minhas narinas, comiam-me os olhos.

"Isso vai feder daqui a pouco!"

Abri a porta. Antes de fechá-la, olhei para trás. Nas casas piedosas acendem velas para iluminar as almas que abandonam os corpos. As beatas comprometidas com o defunto puxam o terço e fazem *pro nobis*. Não deixam os cadáveres sozinhos, montam guarda, incorporados, fungando de dor. Depois os jogam num buraco e tampam, bem tampado, para não voltarem, para federem sozinhos.

Eu seria incapaz de fazer isso com o pai. Deixava-o livre e só — duas coisas essenciais a qualquer homem, mesmo que se trate de um cadáver. Afinal, ele se libertava de sua vergonha. E, até certo ponto, me libertava.

Acabara de existir o ódio na minha vida e na dele. Morrera a única pessoa que me detestara com razão e a quem eu podia e devia detestar.

Mas a vida não melhoraria com isso: morto o ódio que não entendia, sobrava lugar para o amor que precisaria compreender.

É estúpido ser livre e não ter nada o que fazer com a liberdade. Os burgueses, sólidos, instalados na vida, têm essa vantagem: "Ah! Eu sou assim porque *não tenho tempo*, submeto-me a grades, convenções, polícias, direitos, deveres, ah!"

Pode não ser uma explicação, mas é um consolo. Quando se é livre e nada se tem a fazer com a liberdade, sente-se como o homem que passou a vida tentando arrombar a porta de um quarto escuro, vazio, sem janelas. Nem a porta — a possibilidade da porta — para a volta.

Eu estava no escuro. Não precisava de janelas para olhar dentro de mim mesmo. Ou para olhar lá fora e não ver nada.

Pensei em voltar para o Norte. Seria também o retorno a outro tipo de prisão. Havia o mar, havia aquele verde e havia Yara, com seu cheiro de vela de jangada.

Ir para o Sul pareceria dor de corno. As soluções contrárias são sempre dor de corno. Ou tudo ou nada. Eu não tinha motivos para me considerar corno de coisa alguma.

Restava ficar. Mas seria ridículo. Imaginei-me na sacristia de São Francisco de Paula a receber pêsames na missa de sétimo dia. Era forte demais, eu precisava ir, nem que fosse para o diabo.

Tinha algum dinheiro no bolso. Tinha uma profissão humilde. Tinha tudo, portanto, para ser um santo ou um sábio, talvez as duas coisas juntas, ou nenhuma.

Não tomei resolução. Tomei um trem para Belo Horizonte.

Belo Horizonte. São Paulo. Campinas. Curitiba. Novamente Belo Horizonte. Cuiabá. Campo Grande. Londrina. Regresso a Curitiba.

Dirigi ônibus e caminhões. Varei estradas e sertões. Cidades e desertos. Evitava o litoral. Não queria nada com o mar. Ele não precisava de mim nem eu dele.

As cartas do padrinho seguiam com teimosia as minhas pousadas transitórias. Eu nem as abria. Juntava-as para ter alguma coisa que juntar. Mas nunca abri um envelope.

Até que não mais chegou nenhuma. Fechei então o maço e queimei. Depois fiquei imaginando o padrinho a prestar contas, ao Eterno ou entidade equivalente, da morte dos 25 galos de briga que envenenara com arsênico. Fora o seu único crime. Afora a crença que tinha em mim, que era mais uma tolice do que um crime.

Mais ou menos por essa época, mandei fazer cartões profissionais:

JOSÉ SEVERO Transportes Rápidos Serviços Interestaduais

Quando recebi os cartões da tipografia fiz duas descobertas: não gostava do que estava fazendo (dificilmente gosto do que faço) e não tinha a quem mandá-los.

Como sempre tenho uma ideia quando não quero ter ideia nenhuma, resolvi enviar alguns para pessoas que não mais existiam: para o pai, para o dr. Moreira, para o padrinho, para o dr. Luís, esforcei-me para lembrar o nome do capitão a quem fiquei devendo a expulsão do colégio, lembrava o Rui e o Aires (talvez fosse Ayres), faltava o nome do meio, imaginei-o major ou tenente-coronel, como não tinha o seu endereço, coloquei-o aos cuidados do Senhor Ministro da Guerra.

Sobraram muitos cartões e decidi mandá-los para personagens de nossa história: Joaquim José da Silva Xavier, Joaquim Silvério dos Reis, o conde d'Eu, o duque de Caxias.

Abri exceção para Yara. Escrevi no envelope: "Yara — Aos cuidados do Senhor Vadeco — Maceió — Alagoas — Brasil".

Reparei na série daqueles nomes: Yara, Vadeco, Maceió, Alagoas, Brasil. Para os Correios e Telégrafos talvez não fizessem sentido. Para mim, faziam.

Não fez sentido foi o cartão que mandei para o alferes Joaquim José da Silva Xavier. O diretor dos Correios e Telégrafos reclamou pelos jornais, todos entupiam as agências e davam trabalho aos carteiros com mensagens estúpidas, um tópico no *Correio da Manhã* citou o episódio como falta de educação e de civismo, uma loja maçônica, em desagravo, mandou cesta de flores ao monumento do herói.

Soube disso tudo por uma carta que só me chegou às mãos pouco antes de me chegar, em carne, osso e tortura, o meu torturado irmão. Desencavou-me em Caxambu, onde trabalhava sob empreitada para o transporte e distribuição de garrafas de água mineral.

Éramos então dois adultos — dois homens-feitos, embora eu nunca me tivesse feito. Já beirava os trinta. Ele os 28. Era assistente da cadeira de Matemática da Faculdade de Filosofia, preparava-se para se tornar catedrático. Tinha aliança no dedo e retratos na carteira, mostrou-me um deles, uma foto antiga, ele ao colo da mãe, o pai em pé, de um lado, eu de calças curtas, do outro. A foto nem era uma recordação mas uma explicação.

O irmão estava corado, como sempre. Talvez ainda à custa das pílulas do dr. Moreira. Talvez pelo esforço da viagem.

— Sabe? Estou casado.

Ia perguntar com quem. Mas ele disse isso de tal maneira que a pergunta ficou inútil. Meio embaraçado, julgou-se na obrigação de explicar-se:

— Não havia outro caminho. Logo que me formei tinha de tomar um rumo. Nem sempre a gente sabe dirigir caminhão. — E mudando de tom: — Nós queremos que você volte.

Sendo de poucas palavras, aquele discurso custara-lhe sacrifício. E não havia dito "quero". Eu deveria entender aquele "queremos".

"Esse sujeito me estima", pensei.

Arrumei as malas, vendi os dois caminhões que possuía, tomei um pifão solitário para me despedir da liberdade. Era muito livre para merecer a tranquilidade, ou muito tranquilo para merecer a liberdade, qualquer coisa assim, o fato é que voltava, nem mais livre, nem mais tranquilo.

Os equívocos me chamavam. A mãe fizera dois, um por causa do outro, outro por nenhuma coisa mesmo, que os equívocos se danassem entre si. Correndo por fora, havia Helena, julgava-me com direitos sobre ela — pior do que um equívoco, essa era uma alucinação pessoal que me mantinha em pé.

Não havia de ser nada. Destino era destino. Podia dizer que não voltaria, podia mandar o irmão à merda, ninguém me amolaria mais. Descobri que tinha péssimo caráter.

O irmão perguntou por que não me casara. Não dei resposta, ele insistiu:

— Como é? O coração livre?

— Pior. Vazio.

Ele morava no Grajaú, bairrinho metido a grã-fino, ilhado, uma pequena burguesia feroz, semiprovinciana. Ângulos bonitos nos cruzamentos das ruas, bonitas casas, estanques, separadas por jardins e muros.

"Deve haver muito adultério por aqui" — sentia o cheiro.

A casa do irmão era típica, confortável, bem mobiliada. Comprada a prazo, em cinco anos liquidaria as prestações, seguia bem o exemplo paterno.

Na porta, esperando, Helena. Recebeu-nos alegre. Fora a primeira ausência do marido aquela, desde o casamento sempre agarrados todas as noites, por minha causa ficara uma semana sozinha. Declarou não suportar vida assim, a semana durara um ano, não dava para viver sozinha. Beijou-o na boca, ainda na varanda da casa. Um casal que passava pela calçada parou e ficou olhando.

Não gostei. Agora que podiam fazer aquilo, na vista de todos, qualquer coisa soava falso neles. Verdade, não gostei.

Estendeu a mão, as duas mãos, para mim. Olhou-me com carinho, sorrindo, parecia não lembrar o porão. No fundo eu sabia: aqueles olhos lembravam.

Para o irmão, Helena mudara, era um direito, um dever. Para mim era a mesma. Helena sempre.

— Sabe, agora somos irmãos?

— Sei.

— Contente?

Acho que disse que sim, julgando-me um imbecil.

Perguntei pelos pais. O dr. Luís morrera, uremia aguda. Mãe escalonada, meio ano com ela, meio ano com a cunhada fraca do peito, em Correas.

Mostrou-me a casa. A cintura fininha bamboleando à minha frente, eu já estava gostando e detestando.

A casa era impessoal, nada da família quase. Um quadro, no hall da escada que dava para o andar de cima: uma paisagem holandesa, moinhos parados esperando um vento que nunca vinha.

O padrinho, sempre que olhava para aquilo, perguntava:

— Como é *moinho* em francês?

— *Moulin* — respondia o irmão.

Na cristaleira, uns copos de cristal da Boêmia, presente do dr. Moreira no casamento dos pais. Lugar de honra lá em casa, mesmo destaque ali.

No gabinete encontrei lembranças mais fortes. *O Brasil e suas riquezas*, desconfiei que o bilhete de Helena ainda deveria estar lá dentro. O Tihámer Toth intacto, nem uma folha aberta, só enfeitando. O Eça não saboreado. Que lembrasse, eu não fizera doação do Tihámer Toth e do Eça, presentes do padrinho, de quem aos poucos ia sentindo saudades. O irmão se apropriara desses livros, talvez nem soubesse que eram meus.

O pior estava na parede principal do gabinete, à altura do lustre. Retrato de moldura e vidro, uma variante da foto que ele levava na carteira, tirada com certeza no mesmo dia e cenário.

A família toda, ar dominical, roupas vincadas, parecíamos mortos. Sentada, sempre com o irmão ao colo, a mãe. Ao lado, em pé, o pai, desta vez segurando um chapéu de feltro que ele por sinal pouco usava. Atrás do grupo, como sempre meio escondido, já vergonha de todos, eu. O pai com bigode, farto, bonito, a cara do irmão. A mãe também bonita, mas rude, distante, como se nada tivesse a fazer ali. O irmão um pimpolho, dedinho no ar, como se apontasse para alguma coisa que estava em cima, evidente que era um sinal que nunca seria compreendido.

O guri magro e narigudo, com jeito de quem apanhara pouco antes para sair com cara decente na foto, era eu mesmo. Lá estava o que depravava Helena no porão.

Ela notou que eu examinava a fotografia. Comentou:

— A família. Um quadro na parede.

Respondi:

— O importante não se bota na parede.

Ela me encarou, em silêncio, depois abaixou a cabeça.

Durante o jantar, o irmão falou sobre a minha acomodação, que eu ficasse no quarto ao lado do deles, já preparado, onde a mãe de Helena dormia quando vinha passar temporadas na casa da filha. A alternativa era um quarto menor, que ficava nos fundos mas não estava preparado, tinha cama, mas não tinha armário nem janela, apenas um basculante. Devia ser muito quente. Os dois iam chegando a um acordo quando dei minha opinião:

— Não se preocupem. Fico mesmo no gabinete, tem um sofá, estou habituado aos sofás, vou ficar pouco tempo, bobagem fazer arrumações definitivas.

Protestaram. Não, eu devia ficar com eles, tolice continuar sozinho, sangue era sangue.

Sim, sangue era sangue, justamente por isso.

Deixei que falassem, fizessem planos. Recusei-os.

— Aceito a hospitalidade, com prazer, acreditem. Mas somente por uma, duas semanas. Vendi os caminhões, sobrou algum dinheiro para comprar ou alugar uma coisa pequena. Tenho onde cair morto, por ora. Não posso é viver com vocês. Não fiquem ofendidos, acho que me compreendem...

Helena quis saber se meus planos ficavam naquilo. Confirmei. Não tinha muito o que escolher:

— Só sei dirigir caminhões.

Ela achou serviço pesado, por que não comprava dois ou três táxis, ficava com um, alugava os outros?

— Pensarei no caso — respondi, com sinceridade.

O irmão riu. Tinha seus planos a meu respeito, deixara-me falar para sentir o meu ânimo, mas já falara com amigos, amanhã mesmo me apresentaria ao Xavier, professor na mesma faculdade e genro de ministro, amigo dele, íntimos, viviam sempre juntos, o ministro chegava a chamá-los de Cosme e Damião, enfim, esse tal Xavier tinha influência, garantira um lugar para mim, salário razoável, serviço de rotina, pouco por sinal, aposentadoria depois de 25 anos, pensão para a viúva.

— Não tenho viúva! — objetei.

Riram. Eram sólidos na vida, a burguesia amanteigada. Queriam me contagiar.

A proposta embrulhou-me o estômago. Vontade de abandoná-los ali mesmo, fugir outra vez, para um lugar onde não me encontrassem.

Depois do jantar, o irmão enfurnou-se no gabinete, preparando tese para a cátedra, era o favorito, os outros não passavam de toupeiras, só ele sabia que dois e dois são quatro. Os jornais vez por outra falavam nele, fora o primeiro sul-americano a comentar a teoria geral da relatividade, em nível acadêmico. Explicou-me como foi, a fotografia da mesa, o quadro-negro cheio de fórmulas, mulheres bonitas e homens feios na assistência, o copo d'água em frente. Falou muito no Einstein, um tipo feio e descabelado que mais parece maestro, desses que regem opus, opus número um, opus número dois, todos chatos.

Na sala, ficamos Helena e eu. Era a primeira vez, depois de tanto tempo, que estávamos sozinhos, um em frente ao outro. Não mais o porão com travas de pinho-de-riga que me abriam galos na cabeça, eu já era alto em criança, tinha de rastejar pelo cimento áspero e empoeirado para limpar o terreno e esperar por Helena, que às vezes vinha e às vezes não vinha.

O porão não mais existia, a casa fora demolida, no terreno construíram um prédio de apartamentos. E Helena existia sim, não mais a menina meio magrela e sacana que naquela época tinha um cheiro meio azedo que me excitava.

Bem diferente agora. Era uma mulher transbordando seiva, sumarenta. Saia justa, colante, apertando as coxas fortes. Sentada na minha frente, de pernas cruzadas, via os joelhos nus, dobrados, o brilho da pele esticada na rótula. Fêmea saudável, negócio sério na cama. Ombros suaves, numa curvatura que se prolongava nos braços que saíam da blusinha vermelha, cavada nas mangas, o peito estourando, um botãozinho de madrepérola no meio dos dois, desabotoado, deixando ver a polpa superior dos seios.

Lembrava da pressa de que aquilo nascesse logo, na brincadeira do porão, as cicatrizes magras eram iguais às minhas, não me serviam para nada. Depois nunca mais Helena foi minha. Agora era, mais do que nunca, a carne proibida.

Dois metros, nem tanto, separavam meu corpo do dela. Em tão estreito espaço havia tamanha distância.

Eu fingia ler. Espreitava Helena pelo pequeno ângulo que a revista não cobria. Examinava-a. Ela também lia, ou fingia ler, sabendo-se examinada. Devia sentir o meu olhar em seus joelhos. Adivinhava que eu a desejava com fome. Mantinha, porém, a atitude de sempre, sem perturbação, como se eu não estivesse ali.

Surpreendi-me dizendo esta coisa idiota:

— Helena, gosto muito de vocês. Estou contente por ter voltado.

Ela levantou os olhos da leitura, encarou-me com o olhar clássico, olhar que me punha a nu. Olhar esquisito que só ela sabia fazer. Ficava um pouco estrábica, parecia que olhava ao mesmo tempo para dois lados, zombando de muitas coisas num só golpe.

Respondeu fria:

— Obrigada. Não era justo que vivesse longe da gente. Estávamos preocupados.

Às onze horas, o irmão voltou para a sala, interrompendo mais cedo a tese. Queria deixar livre o gabinete, que eu descansasse, começaria vida nova nos dias seguintes.

Helena serviu-nos chá, biscoitos, perto dela tudo ficava melhor. Providenciou cobertas, que dormisse à vontade, sem hora para acordar, ninguém me incomodaria.

Subiram ao andar de cima. No gabinete, fechei a porta, abri a janela. A brisa macia descendo do Pico do Papagaio varreu o aposento. Deitei com requintes: tudo limpinho, arrumado — tudo Helena.

No escuro, os livros adquiriam contornos severos. As lombadas formavam uma plateia, gente me censurando, vaia invisível que só eu ouvia.

Não consegui dormir, havia uma coisa hedionda no ar.

Acendi a luz. Lá estava o retrato na parede — aqueles mortos todos. Tentei virá-lo, o cordão era curto, não dava jeito. Irritado, cheguei a pensar na janela, jogando o quadro para a rua, mais cedo ou mais tarde algum carro o esmagaria, não sobraria memória física daquele tempo.

O quadro bem que merecia destino assim, mas nem o irmão nem Helena me entenderiam. Fiz o possível: suspendi a ponta do tapete, escondi embaixo.

"Pronto. Esses fantasmas agora não me incomodam mais."

Não demorei um mês na casa do irmão. Habituado a viver sozinho, a receber o tratamento neutro do barbeiro, do garçom, da puta, de gente assim, pagava, diziam "obrigado", eu não ficava devendo favor. Ali era diferente, me davam comida, Helena mandava a empregada trazer o café na cama, às vezes ela própria vinha, com a alegria matinal que nela ficava tão bem. Mas tudo soava falso, não neles mas em mim. A convivência parecendo promiscuidade, a carne de Helena me dando uma angústia que bloqueava o desejo.

Talvez ela nem percebesse, ou percebesse e não ligasse. Quando saía do banho fresquinha, enrolada na toalha felpuda, pedindo pecado o quadril solto. Quando vinha me acordar, café quentinho, o pão tenrinho, ela quentinha e tenrinha também, comia o pão, tomava o café, ela me olhava para ver se eu estava gostando, como podia gostar? Pior era quando percebia o movimento dos dois, porta do quarto fechada, espaço, depois iam ao banheiro, porta do quarto fechada outra vez, banheiro, barulho de água caindo, banho juntos, os safados.

"Estão fazendo aquilo, os porcos."

Depois olhava bem a cara deles, procurava vestígios, marcas na carne de Helena, não me sentia traído mas insultado não sei em que lugar ou direito.

O irmão sempre vinha com a mesma cara, alheia, calhorda. Helena, não, tinha sempre um jeito obsceno de olhar em todas as direções ao mesmo tempo, trazia nos olhos coisas molhadas, na boca um contorno avermelhado maior do que os lábios, como se com ela tivesse tragado um prazer maior do que merecia.

Na verdade, ela me expulsava.

Arranjei um apartamento pequeno, no centro da cidade, zona braba, só *rendez-vous*, na rua do Riachuelo, ex-Mata-Cavalos. Desde que soube do nome antigo tive vontade de morar lá.

Fora o padrinho, ilustrado nas coisas todas, que me explicara a troca dos nomes. Havia um atalho antigo que ligava a cidade às chácaras e aos engenhos da cidade. O caminho era rude, forçava os cavalos a descidas bruscas, a pântanos, a valas cheias de lama.

Daí o nome, Mata-Cavalos. Até que veio o Paço para São Cristóvão, vieram outros melhoramentos, a cidade crescendo em direção da Tijuca e dos subúrbios, bairros novos, o atalho ficou importante, virou rua, Mata-Cavalos primeiro, Riachuelo depois, por causa da guerra no Paraguai, cada tiro do canhão virava história e nome de logradouro público.

Encontrei coisa mais em conta em outras ruas, mas preferi aquela. Não dava para morar na rua do Senado, já trabalhava em repartição, para que viver em outra? Muito menos na rua Senhor dos Passos, nome triste, cheirando a enterro.

Mata-Cavalos era diferente. Rua feia, feia mesmo, a rua mais feia do Centro. E os rendez-vous malcheirosos, mal frequentados, manjados por todo mundo, as senhoras que passavam de bonde viravam a cara. Nomes obscenos ou engraçados, a Casa da Lili, o Treme-Treme e suas variantes, o Bole-Bole, o Mexe-Mexe, o Viradinho Que É Bom, o Franguinho-Assado, por aí afora. De vez em quando, polícia e assistência ao mesmo tempo.

De um deles saiu certa vez o enterro de uma cafetina, foi um acontecimento, a putada reunida chorando, houve pifões, brigas, palavrões e trepadas durante o velório. Veio o padre de manhã para encomendar o corpo à Eternidade, aprendeu o endereço, voltou à noite para consolar as amigas, levaram a mal, os jornais se meteram, fizeram escândalo, o cardeal excomungou o padre, saiu procissão de desagravo da Matriz de Santana.

Para completar o sabor local, nunca mais me referi à rua do Riachuelo, só dizia rua Mata-Cavalos. Fiquei conhecido nos botequins: "Salta um filé com fritas aqui pro Mata-Cavalos!"

O apartamento era pequeno, grande porém para minha solidão. Uma sala quadrada, escura e mal ventilada, dois quartinhos brancos, uma janela dando para Santa Teresa, cozinha e banheiro, não mais.

Era muita coisa, no entanto. Trouxe problemas: o que colocar naquilo tudo? Eu era homem de setenta e cinco quilos e duas malas, cabia em três metros quadrados, pouco mais do que num túmulo. Para que tamanho exagero?

"Agora sou um burguês, preciso de coisas, de móveis, talvez de fotografias na parede. Coisas assim ajudam, me escoram, dão finalidade, os móveis precisam ser limpos."

A vida podia ser suja, mas eu gostava de coisas limpas à minha volta.

O emprego no ministério, arranjado pelo tal Xavier, era sórdido, embora bem remunerado. Vivia folgado. Frugal sempre, asceta do mal, nenhum dos grandes nem dos pequenos vícios que desgraçam os homens e derivados. Vícios, de dentro só, malignos, perdiam-me a alma, mas nada me custavam ao corpo. Não dava esmolas, não fazia caridade nem dívidas. Pouco fumava. Bebida rara, sempre ordinária, apenas o bastante para ficar de bem comigo mesmo, o que era necessário às vezes, quando crise mais forte chegava e vinha vontade de fazer besteira, ir às igrejas, ao Jardim Zoológico, a Niterói.

Mobiliei ao meu gosto, tudo simples, extravagância só uma, me deu na cabeça, comprei um violão, grande, lustroso, fazia pose na janela até que enjoei. Virou cinzeiro, o buraco do meio parecendo umbigo de um ventre oco.

Não conhecia os vizinhos, não os procurava, nem eles a mim. Havia um senhor, grosso e solitário, aposentado da prefeitura. Num Carnaval encontrei-o no elevador, esfregando as mãos dentro das calças. Tinha hemorroidas. Para se desculpar, deu-me bom-dia.

A minha vida adquiria amarras. Era uma cachaça que me prendia, que me embriagava. Vivia. Viver era o meu vício mais importante. O mais caro também.

Não tinha perspectivas, nem morais nem materiais. A rua Mata-Cavalos à frente, o morro de Santa Teresa por trás. No meio

nada, quer dizer, eu.

Quando trabalhava nas estradas era diferente, cada dia paisagem nova, tudo passando, dormindo aqui e ali, no sol quente parava o carro, sono gostoso embaixo, trepadas avulsas, sei lá como, de repente aparecia na estrada mulher feia ou mais ou menos, pediam carona, a gente trepava, tudo sem constrangimento.

Diferente agora. Na estrada, era eu que corria, que me movia. Agora eu ficava parado, os outros é que corriam, as luzes, os carros, tudo passava, eu era apenas o passageiro que não podia fumar nos três primeiros bancos dos bondes.

Evitava visitar o irmão. De início, tanto ele como Helena protestaram. Que eu não fizesse aquilo. Era injusto para com eles. Aos poucos, porém, foram se habituando. E eu também.

Vez por outra um triunfo dele me obrigava a ir lá. Os jornais começavam a falar naquele professor que se destacava na matemática e, mais recentemente, na física. A tese que defendeu na faculdade foi comentada no estrangeiro. Vinham convites para conferências e cursos. O irmão era um sábio. Mas eu sabia que no fundo nada mais era que o eterno torturado que nem o amor de Helena nem o sucesso profissional podiam alterar.

O que me intrigava é que sempre ignorei a causa de sua tortura. Habituei-me a aceitá-la, tal como era, com a cara amorfa e meio cretina, sua expressão misteriosa. Da mesma forma como ele também me aceitava.

Que eu tivesse problemas, andasse na contramão do mundo, era lógico, era quase necessário. Mas ele?

Ganhara o amor de Helena desde menino, eles se amavam desde crianças. Nunca demonstrara preocupação com os problemas lá de casa, com a tristeza da mãe, a loucura do pai. Não procurava explicações, tudo lhe parecia lógico, indestrutível, dois e dois eram quatro, era tudo e bastava.

De uma coisa eu tinha certeza: ele amava Helena, amava mesmo. Nunca trocáramos uma palavra sobre o assunto que vinha da infância, mas corria em suas veias um sangue parecido com o meu e eu tinha algumas intuições a seu respeito. Ele a amava com a intensidade dos tímidos, com a persistência dos tolos.

E Helena? Ainda o amaria? Difícil saber. Era uma fêmea forte e exuberante. Fora ela quem pervertera a infância dele, disso sabia muito bem, surpreendi-os diversas vezes, a iniciativa era sempre dela. Ensinara ao irmão o que fazer com o sexo. Naquele tempo, todos os meninos chegavam à primeira ejaculação por conta própria, apelando para a mão. Com ele foi diferente. Na mão de Helena ficou o resultado de seu primeiro orgasmo.

Agora, casada havia quatro anos, sendo o irmão o seu dever, a carne má de Helena poderia estar andando atrás de outras experiências.

Ora, eu morava sozinho. Quando começava a pensar com intensidade nisso tudo, sentia-me agoniado. Fugia então, procurava a rua, procurava esquecer Helena, procurava esquecer a mim mesmo.

Um dia, final de tarde, não sei o que me deu, tive vontade medonha de possuir Helena. Fome da sua carne, vontade de chupá-la inteirinha, feito pastilha, até acabar na boca.

Procurei pelos bares e puteiros o material disponível, espiava a todas, a todas examinava tendo como referência o corpo de Helena, seu olhar, seu clima.

"Essa tem pernas iguais, aquela o nariz. A mulata do Pinto tem o mesmo feitio de braço."

À noite, visitei a zona. Chope correndo, vitrolas berrando:

A mulher que eu quero
por quem tanto espero
anda por aí de mão em mão...

Procurei um rosto, uma expressão que me lembrasse Helena. Encontrei mulheres iguais a Yara, outras iguais à mulher do capitão. Igual a Helena, nenhuma. Só ela.

Entrei num bar do final da Lapa. Muita fumaça, muito barulho, muita bebida, só a luz era pouca. Pedi rum. Dose em cima de dose, sem água nem gelo, puro, para o porre vir depressa. Bebi até não distinguir mais nada, tudo disforme, baço, as mesas parecendo fantasmas de camisola agachados, o copo ficara gelatinoso, apertava-o na mão e ele parecia feito de borracha. Sentia o rosto dormente, não havia nada em cima do pescoço, nem nariz, nem boca, nem olhos. Um buraco vazio no lugar da cabeça. Bem que diziam, eu era um monstro.

Uma mulher de ancas medonhas sentou-se perto, olhando para mim. Olhei também. Modelei a carne dela ao meu gosto, meus olhos vidraram: "Helena!"

Fomos para a cama. Depois me levaram, aos bordos, para casa.

Foi no início do verão daquele ano. O irmão aceitara um convite vindo do exterior, de uma faculdade de Madri. Deveria dar um curso de dois anos, até lá haviam chegado seus triunfos. Li a notícia num jornal, diziam que sua ciência tinha varado o Atlântico, "chegava à Península Ibérica, breve estaria o continente inteiro a clamar pela sua sabedoria".

Nesse mesmo dia, logo que soube da novidade, não tive outro jeito, fui ao Grajaú. Lá estavam colegas e amigos a festejá-lo. Helena notou o meu constrangimento em permanecer ali, no meio daquela gente para a qual a vida é um E sobre a raiz quadrada de M2 ± T = X. Ela devia suspeitar que a minha era mais complicada.

Veio falar comigo:

— Salve, o desaparecido!

— O trabalho, Helena.

— Aquilo é uma embromação.

Concordei:

— Sim, não existe trabalho, mas o que há tira-me a vontade do resto.

— Infeliz?

— Quem é que sabe? — disse, com algum mistério.

Ela tomou a resposta por outro lado:

— Está amando?

Fiz cara tão neutra que Helena acabou com o interrogatório e eu com o assunto:

— Calor, não é?

— Aqui no Grajaú é um suplício. Já falei com seu irmão para vendermos esta casa e comprarmos um apartamento no Leblon ou Ipanema.

— Lá também faz calor.

Aproveito a neutralidade do tema para observar Helena. Penetrá-la, a meu modo...

— Você vai viajar com ele?

Ela ficou séria. Alguma coisa de duro (ou de mole) passou pelos seus olhos. Mas na hora de dar a resposta estava serena.

— Não.

— Não? — estranhei, embora no fundo ficasse alvoroçado.

Helena não comentou mais nada. Olhou-me com um pouco de cansaço. Eu ia fazer a asneira de prolongar o assunto, fazer o interrogatório que eu mesmo detestava. Reprimi-me a tempo. Afinal, nada daquilo devia me interessar. E ela saiu de perto, indo conversar em outra roda.

Lá pelas 11 horas, as visitas começaram a se retirar. Já ia saindo quando o irmão pediu:

— Fique um pouco. Precisamos conversar.

Helena, que estava junto, deu-me boa-noite com irritação, subiu a escada com raiva, trancou-se no quarto.

Ficamos a sós. O irmão estava envelhecido. Parecia dez anos mais velho do que eu. Em torno dos olhos, as vigílias do estudo haviam colorido roxas olheiras. Na boca, havia um travo amargo, de alguém que começa a duvidar de tudo, a não ter confiança em mais nada.

A semelhança com o pai era espantosa. Quando comecei a perceber o mundo, aos quatro ou cinco anos, o pai era exatamente aquilo: os mesmos olhos, a mesma testa, o mesmo ar nobre mas um pouco velhaco no interior.

Havia, sobretudo, o mesmo tom de voz, as mesmas palavras preferidas. Dentro daquela cabeça, na certa, as mesmas ideias.

— Como é? Sempre na mesma, não é? — começou ele, num tom amistoso.

Respondi vagamente:

— É.

— A sua vida tem isso de bom. Você não tem planos, não tem objetivos, nem métodos. Tudo é simples, tudo é finalidade em si mesmo. Eu não. Tenho metas. Roteiros. Degrau sobre degrau. Nada é fixo. Tudo se move. Tudo passa.

Olhou em torno. A casa era firme. A sólida burguesia fixada nas paredes, nos móveis, nos tapetes, nos quadros. Tudo aquilo parecia definitivo, realizado, completo. Mas não.

— É uma espera — disse — por alguma coisa que está sempre a vir e, quando vem, passa a ser espera para uma outra coisa que vai acontecer e que *precisa* acontecer sob ameaça de tornar inútil o que já aconteceu. Essa cadeia imbecil amarra tudo, prende homens a coisas e coisas a sonhos, sobrando no fim a frustração definitiva da morte, o *porvir*. E bota por vir nisso.

Eu estava admirado. Não imaginava o irmão com essas inquietações. Via claro agora: ele me julgava um sábio ou me invejava em alguma coisa.

— Eu sou um analfabeto — disse-lhe. — Não me incomodo com adjetivos. Aprendi apenas os substantivos e basta. Enfrento a necessidade de viver 24 horas hoje para ter direito às 24 horas de amanhã. O dia em que isso me aporrinhar de forma irreparável, acabo com a vida, eis tudo. Não tenho satisfações a dar a ninguém, nem a Deus, nem aos homens. Eis aí uma das vantagens em ser idiota.

O irmão ouviu-me cabisbaixo. Depois respondeu:

— Eu também sou um idiota especializado em números, o que é ser idiota de forma pior. A minha especialização deformou tudo. Saindo do cálculo infinitesimal e da tábua dos logaritmos, eu sou um... um... cadáver antecipado...

Olhei-o surpreso. Podia esperar tudo dele, menos aquela confissão de fraqueza, de derrota. De qualquer forma, ele queria abrir janelas. Sempre ignorei as janelas alheias, em especial as dele, que me parecia um ser fechado em si mesmo, feito um casulo.

Era um absurdo, além do mais, continuar a conversa naquele tom. Não tínhamos que olhar um para dentro do outro. O fato de termos tido o ventre comum não nos obrigava a isso. Mas tinha de aturá-lo. Nós sempre fôramos amáveis um com o outro, principalmente quando nos detestávamos.

Ele quis fumar. Tinha o mesmo jeito do pai ao segurar o cigarro. Senti vontade de lhe dizer isso. E ao mesmo tempo revelar-lhe que era seu irmão apenas pela metade. Temia que ele me respondesse: "Eu já sabia."

Voltou a falar:

— Zé, tenho um objetivo. Preciso estudar. Preciso ganhar dinheiro para continuar estudando. Preciso firmar um nome para ter direito às oportunidades que não se abrem a qualquer um. Surgiu uma, afinal. Que não é grande coisa em si, mas abre caminho para outras. Não posso recusar o curso que me oferecem. É breve, de apenas dois anos. De Madri já tenho um roteiro: correr a Itália, ouvir alguns mestres na Suíça, dar um pulo até a Bélgica e, na volta, passar um ano nos Estados Unidos. Preciso disso, você me compreende?

— Mais ou menos — respondi. — Compreendo que você tenha sonhos e procure realizá-los. O que não compreendo é que precise ir à Itália, à Bélgica, à Suíça, aos Estados Unidos, só para ter certeza de que o seno A mais o seno B é igual ao cosseno C.

O irmão continuou:

— Infelizmente, surgiu um problema...

— Ah! — disse eu com autoridade. — Surge sempre um problema. Embora não tenha sonhos de espécie alguma, posso lhe garantir que surgem problemas. Sou especialista no assunto.

— Não brinca, o meu problema é grave!

— Todos os problemas são graves.

— Sim, são graves até que se encontre a solução.

— A solução não resolve o problema. Evita-o, o que é diferente. Ou cria outro problema mais adiante, o que vem a dar na mesma.

— Como queira. O fato é que surgiu um problema e sua solução vai depender de... não se admire... mas de você mesmo. Preciso de você.

Aquilo foi dito de forma sincera, com naturalidade rara no irmão, para quem tudo parecia difícil e tudo acabava difícil mesmo.

Ele precisava de mim! Era um assombro! Eu o sabia, por intuição de sangue, um torturado. Mas sempre ignorei o motivo e a profundidade de sua tortura. O tom com que falara "preciso de você" punha-o nu diante de mim. Despia-se de todas as reservas, todas as escoras, mostrava-se exato à minha observação.

— Farei o que estiver ao meu alcance — disse. — Honestamente, sem que isso represente censura ou recusa, não esperava que você precisasse de mim.

— Também não poderia imaginar que um dia precisaria tanto de um... como direi... amigo, não, não é bem amigo, o amigo trai ou pode trair, pode trair em certas coisas... Mas de um irmão, sim, é isso mesmo, de um irmão, que talvez não seja amigo mas que tem certas barreiras... de sangue...

Saiu difícil. Era doloroso para ele falar em sangue. Além do mais, armava-se uma charada na minha frente.

Coloquei-o à vontade:

— Pode falar. O importante é que somos irmãos e um precisa do outro.

— Ótimo! Você encara bem a questão.

— Já disse que os problemas são a minha especialidade.

— Ainda bem. Talvez você possa nos ajudar.

Fiquei admirado:

— Mas o problema é seu... ou é de outros também?

— Sim, é meu e de... Helena.

Era a primeira vez, acho, em toda a vida, que ele pronunciava o nome dela na minha frente. Aquilo custou a sair de sua boca.

— Helena?

O irmão tinha a cabeça baixa.

— Ela não quer ir comigo.

— E daí?

Ele abanou os braços, com um pouco de desespero.

— Você não entende. Estou casado há quatro anos, nunca brigamos, nunca tivemos problemas. Queríamos filhos, mas não foi possível. O médico diz que a culpa é minha. Sou normal, saudável, não tenho lesões orgânicas, cumpro todas as funções, mas não posso ser pai, a seiva é fraca, e não combina com a de Helena...

Aquela intimidade de espermas assim revelada seria repugnante se, no fundo, eu não a soubesse trágica. Ele continuou:

— O primeiro problema que surge é esse.

O irmão calou-se. Olhou-me, à espera de uma opinião.

— Não vejo problema algum — disse. — Você tem seu trabalho, sua missão. Helena não quer ir, deve ter motivos para isso, talvez pense que não se dará bem com a vida itinerante que vai levar durante tanto tempo. Ora, você não tem o direito de obrigá-la a ir.

— Disso sei eu. Não movi nem moverei um dedo para que ela vá contra a vontade.

— Então? Quando puder, no intervalo dos compromissos, você virá visitá-la. Dois anos passam depressa e há profissões em que as viagens fazem parte da rotina.

— Há um detalhe importante nisso tudo: eu não posso passar tanto tempo longe dela. — Olhou o chão: — Eu amo Helena. Muito, muito mesmo!

A declaração foi um impacto. Não que eu ignorasse ou duvidasse de seu amor por Helena. O que espantou foi a persistência e a profundidade desse amor. Amava-a muito mais do que eu, pois o meu sentimento talvez não passasse de um capricho contrariado, desejo insatisfeito, recalque de infância que me irritava. O caso do irmão era diferente, mais sério. Ele possuía Helena desde criança. Era o próprio passado de Helena. O presente. Todos os dias. Todas as noites.

— Se você gosta mais de Helena do que da carreira, fique. Caso contrário, vá sozinho mesmo.

O irmão irritou-se:

— Lá vem você com a solução clássica, a medida das coisas. Botar dois valores nos pratos da balança e escolher o mais pesado. Eu quero os dois. Acho que não se repugnam. E, depois, acima de tudo há uma suspeita.

— Você é cruel!

— Não é isso que está pensando. A suspeita é contra mim mesmo. Estou ficando... meio atordoado com certas coisas que se passam comigo. Helena me esgotou. Preciso dela junto de mim, do contrário, não sei... posso tomar um caminho errado, não na vida profissional, mas na vida pessoal... você lembra do Julinho?

Fiquei gelado. Disse apenas que lembrava.

Levantou-se. Acendeu outro cigarro e ficou passeando de um lado para o outro. Olhou para um quadro na parede. Era a reprodução vulgar de um Degas: bailarinas em aula, no primeiro plano, ao lado, uma delas amarra a sapatilha cor-de-rosa. O irmão soprou a fumaça em cima do Degas. Eu, como sempre mais modesto, soprei minha humilde baforada em cima do catálogo de telefones.

Deu-me a impressão de que não mais falaria. Embora não tivesse sido claro o bastante. Apenas me participara o pequeno drama conjugal, burguês.

— Você não compreendeu — disse ele, depois de longo silêncio. — Eu irei de qualquer maneira. Helena ficará. Não pretendo vir visitá-la no intervalo dos compromissos. O estudo me absorverá e o tempo que gastar em outras coisas será um roubo a mim mesmo. Sei que ela tem a mãe, que virá morar aqui. Isso me tranquiliza sob certos aspectos. Mas uma mulher como ela precisa da proteção de um homem. Foi educada assim, dependente do pai, que tinha posses, e agora de mim, que lhe dou tudo. Nunca pensou em ficar independente, como as mulheres agora pretendem e pelo que estão lutando. Helena é uma mulher à antiga, gosta de ser dependente do homem, e por isso procura o pai, o marido, o amante, o filho, o rufião ou o coronel. Durante a minha ausência surgirão pequeninos problemas que a embaraçarão. Questões de dinheiro, de papéis, de impostos, de prestações da casa, de outros compromissos. Queria que você não a abandonasse. Procurasse estar em contato com ela. Ou com elas... você se lembra da minha sogra? É boa pessoa, sempre fala em nós, lembra-se da nossa infância, de nossos pais...

O irmão amarrotou o cigarro no fundo do cinzeiro. Divagava. Tinha alguma coisa importante para me pedir ou para me participar. Mas ficara inibido diante da minha incapacidade de entendê--lo. Batia então em retirada, desconversava, banalizava:

— Sim, ficaria tranquilo sabendo que você prestará assistência às duas. Que não as abandonará. Você sabe, não tenho mais ninguém para pedir esse favor tão pessoal. Posso contar com você?

— Pode — respondi secamente.

Sentia que ele tinha desconversado da metade da conversa para o fim. Talvez fosse melhor. Seriam responsabilidades a menos. E eu não saberia representar ao mesmo tempo o papel de pai, marido, amante, filho, rufião e coronel.

— É só? — perguntei.

— Só.

O irmão embarcou duas semanas depois. Procurei evitá-lo até a véspera. Não podia deixar de ir visitá-lo.

Mal cheguei, ele pareceu alegrar-se. Abandonou os preparativos e veio conversar. Tinha algumas instruções escritas, uma procuração, alguns documentos, papéis pessoais. A conversa em si foi banal e fria, Helena participou com alguns palpites. Chegou a zombar:

— Muito bem! Viva a matemática do meu marido!

— Viva por quê? — perguntei.

— Ora! Só mesmo um matemático tomaria tantas providências. Parece uma equação: sogra mais irmão tomando conta da esposa igual a tranquilidade: S + I x E = T.

Achei a brincadeira de mau gosto. Fiquei sério. O irmão também. Cheguei a desconfiar de que havia um erro mais sério na vida deles. Foi apenas impressão.

O restante da noite nada teve de especial. A mãe de Helena — que havia anos eu não encontrava e que tinha a mesma cara e as mesmas maneiras de antigamente — reparou na ternura que os unia:

— Veja como se amam!

Desde a nossa infância ela vivia a dizer isso. Aliás, todo mundo dizia isso. O que era estranho é que nunca ninguém percebesse que eu também amava Helena.

Alegrei-me de vê-los unidos. Naquela noite eles se amariam com fúria. Depois viria o que Deus ou o diabo quisessem. Eu faria o possível para evitar aborrecimentos, a eles e a mim. Se precisassem do meu sangue, eu o daria de bom grado. Mas sabia que acabariam por exigir além do meu sangue, que afinal não valia nada. Não tinha importância. Isso eu dava também.

~

No dia seguinte, amanheci no Aeroporto do Galeão. Fui o primeiro a chegar. Depois vieram alunos, colegas e amigos do irmão. Finalmente, acompanhado por Helena, pela sogra e por malas, o próprio.

Ele me procurou com os olhos. Percebi isso e me afastei para um canto. Logo arranjou um pretexto e foi falar comigo. Estava preocupado. Parecia ter chorado a noite inteira.

— Então? Tudo combinado? Posso confiar?

— Pode. Vá descansado.

Quis deixá-lo à vontade para me pedir mais alguma coisa. Cheguei a encorajá-lo:

— Alguma novidade?

Ele hesitou:

— Não, nada de especial. Em todo caso, se não for difícil, eu gostaria que você procurasse distrair Helena, levá-la a um cinema, a um teatro... a um passeio... Ela ficará sozinha, precisa viver. Não pode, por minha causa, perder tantos anos de mocidade. Confio em você, em seu discernimento...

— Farei o que for possível.

Sentia que ele guardava a "coisa". Sem coragem para soltá-la. Houve um momento em que pareceu vomitá-la. Sua fisionomia contraiu-se, vinha a chave de tudo aquilo — mas Helena chegou-se no justo momento e ele teve de generalizar:

— Vou tranquilo... sim, nada a temer...

O alto-falante chamou os passageiros. Ele apertou a mão de todos. A minha recebeu um aperto especial. Por meio daquele aperto tentou dizer a coisa. Eu sentia isso, mas somente isso. A equação, o problema, continuavam vagos para mim. Precisaria resolvê-los sozinho.

Helena abraçou-se com ele. Beijaram-se na boca. Eu já os vira, havia tempos, num beijo igual àquele, no quarto de nossa empregada. Alguma coisa mudara no beijo, neles e em mim. Eu os detestara no beijo da infância. Agora não. Tinha pena deles.

Destino era destino. E eu era apenas um homem.

"Sou um covarde", pensava. "Devia berrar bem alto, à vista de todos: 'Não quero! Não posso! Eu também amo esta mulher! Quero-a para mim! Os outros que se danem!.'"

Fui cretino até o fim.

Fiquei ao lado de Helena, acenando com o braço, dando adeusinhos para ele, ele que sumia no bojo do avião com as suas malas, suas equações e sua tortura.

Sim, lembrava-me do Julinho.

"Bolas! É aporrinhação que vem por aí!"

Acabara de desligar o telefone. Aquele objeto preto era estranho para mim, dois minutos antes não tinha história na minha história. Em casa, nunca mandara instalar um. O irmão reclamava, podia ter uma necessidade qualquer e só podia usar o da minha repartição. Nos fins de semana, era impossível me localizar.

Além do mais, somente tinha o número do ministério onde eu trabalhava. Quando a campainha tocava, podiam estar procurando pelo dalai-lama, pelo papa, pelo duque de Caxias, menos por mim.

Um colega atendeu:

— Severo!

— Ahn?

— Telefone!

Não me admirei de pronto. Ninguém telefonava para mim. Ninguém teria interesse em falar comigo: nem credores, nem amigos, nem amantes, nem desafetos. Ninguém mesmo.

Ao apanhar o gancho, o colega esclareceu:

— É mulher!

Agradeci a informação com gesto vago.

— Alô?

— Zé?

— Sim.

— É Helena. Como vai?

— Bem.

Então era ela. Estivera no Grajaú no último domingo, todos os domingos, agora, eu almoçava com ela. Pelo fim do mês tirava uma quinta-feira para fazer pagamentos e pôr em dia os compromissos da casa. Já haviam se passado sete meses da partida do irmão, tudo corria bem. Somente uma vez Helena pedira dinheiro extraordinário a fim de comprar presente para uma parenta que se casava.

O irmão escrevia sempre, para ela e para mim. Segundo ele, os sucessos continuavam. Chegavam de toda a parte solicitações para cursos e conferências. Publicara um trabalho comentando as últimas pesquisas sobre a relatividade, o próprio Einstein correspondera-se com ele. Uma revista americana publicaria a correspondência trocada.

Ele não era de exagerar. Aqui no Brasil a sua carreira também era reconhecida nos setores especializados. O grande público podia ignorá-lo, mas os sábios, as cultas gentes o admiravam. O irmão ameaçava ser uma glória nacional.

Mas agora Helena estava ao telefone e isso não era glória nenhuma. Nunca me telefonara. Esperava sempre que o fizesse, o que, invariavelmente, acontecia pelo menos uma vez por semana.

— Que que há, Helena?

— Uma coisa chata me aconteceu.

— Falta de dinheiro?

— Não. Uma coisa chata apenas.

— Posso fazer alguma coisa?

— Pode. Venha se encontrar comigo.

— Vou hoje à noite, está bem?

— Não, estou na cidade. Quero que você venha até aqui.

— Onde?

— Esquina de Sete de Setembro com Avenida, junto ao café.

— Já?

— Imediatamente.

— Até já!

— Até já!

Pronto. Aconteceu uma coisa chata a Helena. Quando ela dizia "coisa chata" era porque a coisa era chata mesmo. Não gostava de dizer: coisa grave, tragédia, drama. Essas coisas não tinham sentido para ela. Tudo o que é designado por essas palavras, resumia-se na geral e vaga denominação — coisa chata — que tanto podia ser um fecho ecler arrebentado ou um homicídio.

"Não vou pensar em nada antes de saber o que é", prometi a mim mesmo. Tinha tempo. Do meu trabalho até a rua Sete de Setembro eram três minutos. Levei dez. Caminhei devagar, aproveitando a ignorância da coisa chata que acontecera a Helena.

Na rua, cruzei com outras mulheres. Algumas delas talvez tivessem dito há pouco: "Aconteceu comigo uma coisa chata!"

Estava na calçada oposta ao café quando vi a silhueta de Helena, num costume tropical cinza-claro, os cabelos castanhos, quase alourados, bem penteados. Uma silhueta madura sem deixar de ser jovem. Estava de costas. Atravessei a Avenida e cheguei mais perto. Observei suas pernas. As ancas eram fortes, saudáveis, fêmea boa de cama.

"Isso não vê homem há sete meses", pensei.

A maioria dos homens que passavam por ali, logo davam meia trava e olhavam para suas pernas. Um rapazola de óculos e espinhas na cara, um pouco afastado, ficou olhando um tempão, devorando Helena. Iria se masturbar no primeiro banheiro que encontrasse.

Helena olhava uma vitrine, cheia de grãos de café catalogados de acordo com os diferentes tipos. Um anúncio colorido prendia-lhe a atenção: um escocês tomando uma xícara da "preciosa rubiácea", segundo dizia a legenda: "No mundo inteiro se bebe a preciosa rubiácea do Brasil."

Ainda não me notara. Aproveitei aquele momento. Ali estávamos, eu e ela, há tanto tempo juntos, há tanto tempo seguindo destinos paralelos, sem nunca cruzarmos. Menos de um metro separava nossos corpos. Mas estávamos ligados, naquele instante, pela "coisa chata" que lhe acontecera.

Helena me ignorava atrás dela. Naquele momento, somente pensava na vitrine, na preciosa rubiácea. Que interesse teria Helena por aquilo? Nenhum. Olhava por olhar, para esperar. "Nós sempre estamos esperando alguma coisa": era uma frase do irmão que ela de certa maneira incorporara. As coisas mais sólidas, as mais desejadas, quando acontecem passam a ser espera de outras coisas.

Helena esperava e olhava o café. O escocês sorria para ela, com suas bochechas coloridas.

— Helena?

Ela virou-se, rápida.

— Não demorou nada!

— Vim num pulo — menti. — O trabalho é perto.

Tinha os olhos baixos, evitava um exame que lhe seria odioso. Falaria com a boca.

— Vamos tomar alguma coisa? — propôs.

— Um sorvete?

— Qualquer coisa.

Fomos a uma sorveteria na rua Gonçalves Dias. Pelo caminho, ela reclamava dos transeuntes, dos esbarrões, da gritaria dos camelôs.

— Odeio gente!

Sentamo-nos numa mesinha do fundo, junto à parede espelhada.

— Dois imperiais com creme — pediu ela.

O garçom trouxe os dois imperiais sem creme.

Helena generalizava, falava do calor, da condução que ficava difícil àquela hora da tarde. Eu a olhava.

"Essa mulher é perigosa. É capaz de tudo."

— Está zangado comigo? — perguntou-me, de repente.

— Eu?!

— Não tem raiva de mim por tirá-lo de sua "solidão liberta", como você chama à sua vagabundagem?

— De jeito algum.

Notou que precisava entrar no assunto.

— Bem, você quer saber o que se passa, não é?

— Não, eu não quero saber de nada. Você me chamou e eu estou aqui. É tudo e é simples.

— Ótimo! Você encara bem as coisas. Sabe que houve época em que eu o odiava?

— Adivinhava.

— E houve época em que... bom, isso não interessa...

Helena acabava com o sorvete e os preâmbulos. Estava corada, um fogo delicioso queimava-lhe o rosto. Os olhos continuavam inquietos, evitavam um exame que, aliás, eu não queria fazer.

Houve uma pausa. Ela sentiu que chegava a hora. Li na sua testa a vacilação. "Vai fugir", pensei. Mas a vacilação passou. A testa recobrou a limpidez habitual. Os seus cabelos cheiravam a sândalo, com um pouco de fumo.

— Zé — disse-me ela, limpando a boca com o guardanapo de papel. — Sabe... foi um descuido... eu...

Abriu a bolsa em que costumava guardar um mundo, caverna de Ali Babá que tinha de tudo, principalmente mistério.

Apanhou o maço de cigarros. Acendi-lhe um. Puxou a tragada forte. Tirou com a ponta da unha um fiozinho de fumo que se grudara no canto da boca.

— Zé, estou grávida.

Senti vontade de rir.

— É isso a "coisa chata"?

— É.

Ela soltava a coisa. Não era como eu, que precisava de engulhos, não dizia, vomitava. Ela não. Aquilo saíra tão natural como um sopro para apagar velinhas de bolo de aniversário.

Esperou que eu dissesse alguma coisa. Fui vago:

— Tem certeza?

— Tenho. Dois meses de atraso. Nunca me aconteceu. Mais fácil as teorias do Einstein e do meu marido falharem do que o meu organismo.

— Bem, se é assim...

Admiti a certeza daquela gravidez. Olhava para Helena. A mesa impedia que lhe visse o ventre. Mais um ventre errado na minha vida. Os ventres existiam para mim nessas horas. Até então eu nunca notara o ventre de Helena, não saberia dizer se era grande, pequeno, magro ou gordo. Helena não tinha ventre, era isso. Era um ventre certo.

Seguindo a trajetória do meu destino, e do dele, vinha desaguar em cima de mim as águas sujas, a placenta, o repugnante feto, a tripinha escura que ia ser gente.

Helena notou o riso mau que não pude esconder.

— Acha engraçado?

— Devia achar — respondi. — Não acho porque há uma predestinação, um pacto de erro entre mim e os ventres equivocados.

— Quer dizer que eu sou apenas um ventre equivocado?

— Mais ou menos.

— Isso seria um consolo, sabe? Infelizmente não sou apenas um ventre. Sou uma pessoa física e jurídica completa. Com deveres, com certidões.

— Essa pessoa não existe agora. O que existe é um ventre equivocado.

— Causo-lhe repugnância?

— Não. Já estou habituado.

Helena ficara impaciente, fumava cigarro após cigarro. Antes de soprar a "coisa" ela estava tranquila, senhora de seus controles. Agora se impacientava. Disse-lhe que estranhava isso.

— Sei, eu também estranho, mas... você me desarmou. Eu esperava uma reação. Não que esperasse censura. Mas julgava que desse maior importância...

— Decepcionada?

— Talvez assim seja melhor.

— Eu não queria nem devia perguntar nada. Mas já que você espera isso de mim, lá vai a pergunta: o que pretende fazer?

— Não sei.

— Não sabe?

— Pedi que viesse aqui para isso. Tome você a decisão.

— Eu?!

— Sim. Por que estranhou?

— Afinal, o ventre é seu. Não sou seu marido nem seu amante. Não fui eu quem lhe emprenhou o ventre. Poderia dar um palpite. Nunca tomar a decisão.

— Você não disse ainda há pouco que era um especialista em ventre, em equívocos de ventre?

— Isso não vem ao caso.

— Foge?

— Evito o problema.

Ela sacudiu os ombros. Olhou-me com raiva:

— Sendo assim, eu mesma decidirei... — Estava irritada. — Mas, afinal, você nem se interessa em saber qual a decisão que eu vou tomar?

— Para quê? O que espera de mim? Sentenças? Penitências? Não sou juiz nem padre, nem o caso é para isso. Não me interessa o que houve. E o que pode haver me interessa de modo relativo. Afinal, prometi ao irmão que olharia por você. Foi uma promessa imbecil, mas as promessas imbecis também contam.

Helena repassou batom nos lábios. Chamei o garçom. Paguei a conta.

— Bom — disse ela —, já que você foge eu mesma decidirei. Terei o filho. O resto que se dane!

— Que resto?

— O resto, ora essa! Seu irmão, você, o filho que vai nascer...

— Não seja cruel, Helena.

— Cruel? Para quem? Para seu irmão?

— Para esse filho que vai nascer. O irmão já sofreu o que tinha que sofrer. Com ou sem filho o chifre dele não se altera. Mas a criança não merece essa crueldade...

— Acha que não serei boa mãe? Seu irmão me abandonará?

— Não. O irmão perdoará de uma forma ou de outra. Quem nunca perdoará será esse filho...

— Qual! Ele nunca saberá!...

Tive um engulho. A velha angústia subia de dentro e dava um nó na garganta.

— Eles sempre sabem, Helena, eles sempre sabem.

Voltei mais cedo para casa, chateado e sofrido. Precisava fazer aquilo que o padrinho chamaria de “coordenar ideias”. Na verdade, não tinha ideia nenhuma, nada havia a ser coordenado.

Nada tinha que ver com aquilo, nada deveria me angustiar. Mas estava angustiado do mesmo jeito. Sofria por sofrer, por obrigação, amor à arte, fidelidade a mim mesmo. Culpava o universo inteiro de ter tramado a nova aporrinhação, se eu tivesse um caráter forte, bem estruturado, daria uma risada e acharia a gravidez de Helena engraçada.

Mas não era forte o bastante, dava risada de raiva só, aporrinhado de não ter jeito. Aquela hipótese nunca me passara pela cabeça, embora fosse provável e, talvez, inevitável.

Deitei na cama, olhando as paredes nuas, o teto branco em cima, que o último sol do dia manchava de amarelo-pálido.

“Ela emprenhou, a puta!”

Pensava no irmão. Chifre esperado havia muito, destinado desde a fundação para a sua cabeça cheia de logaritmos. Presente ou ausente, ele passaria pela aflição, entraria no rol dos homens realmente sérios, o homem só é sério depois do gostinho amargo dos chifres, antes disso gozador apenas, depois sim, gozado.

E Helena? Negócio adiantado, havia dois meses que o organismo dela não despejava o sanguezinho tranquilizador, a tripa inchando, ameaçando ser gente.

"Ela me chamou para providenciar o aborto!"

Agora tinha certeza, Helena queria despejar a tripa imunda para fora. Custar tanto para descobrir coisa tão na cara!

Bolas, o que tinha eu a ver com isso? Nada com as tripas erradas das mulheres erradas! Que Helena procurasse outro, por que logo eu? Procurasse o responsável pela tripa, o que dera a lambuzada decisiva.

Nem pensara ainda nesse detalhe, que não era o mais grave da situação: quem tinha sido? Duas pessoas ficavam acima de qualquer suspeita: o irmão e eu. Os outros homens todos, o papa, o Aga Khan, o lorde do Grande Selo da Inglaterra, pelo menos eram uma possibilidade.

"Também já emprenhei uma mulher e dei o fora!"

Lembrei o tempo do colégio, minha primeira mulher, que era também mulher de um capitão, a surra que levara, depois a cena no gabinete do diretor, comunicaram-me que ela estava grávida, eu disse que o filho era meu, podia ser de outros, mas havia uma certeza aqui dentro, o filho só podia ser meu, a predestinação dos equívocos, dos ventres equivocados.

Com o tempo, adquiri a certeza. Filho sim, não podia ser filha, palpite sério. Devia estar crescido, quase 15 anos ou já. Talvez tivesse cruzado com ele por aí, sem saber, nem eu nem ele. Talvez o rapaz que vi um dia, brigando na rua Barão de Mesquita, quando ia para o Grajaú visitar Helena.

Porta do Colégio São José apinhada, dois alunos rolando no chão, todo mundo vendo a briga. O mais alto surrava o menor com raiva, quase o matou. O outro, todo ensanguentado, depois de protegido pela turma do deixa-disso, começou a gritar:

— Filho da puta! Todo mundo sabe, tua mãe é puta, todo mundo já trepou com ela, meu irmão já trepou duas vezes!

Contido pelos colegas, o rapaz mais alto dava arrancos, querendo estraçalhar o menor. Além de alto, como eu naquela idade, era desengonçado, caricatura também por fora, ódio também por dentro.

Talvez fosse o meu filho. Sim, cruzara com ele, sem lucidez, não foi uma sensação boa nem má, se tivesse a certeza seria divertido, ao menos para mim.

Esse caso não contava mais. Agora, havia Helena com a tripa errada inchando dentro dela.

"Se aquilo nascer, terá direito ao registro civil, ao batismo, Helena me pegará para padrinho, compro um livro — 'aqui está, pode saborear o grande Eça!' —, não, aquilo precisava ir depressa para o esgoto, o mais cedo possível!"

Levantei alvoroçado. Tomei um táxi, no caminho pensei em abandonar tudo, mandar Helena às favas com as tripas erradas.

"Vou fazer uma besteira deste tamanho!"

Cheguei ao Grajaú. A mãe dela veio atender, ficou alegre:

— Entre, rapaz! Isto aqui virou cemitério!

— Quando puder virei jantar também às quintas...

Já na sala, perguntei:

— Helena?

— Subiu cedo para o quarto, voltou da cidade com a cara amarrada, não quis conversa, tomou banho, se trancou, nem quis descer para o jantar.

— Zangada?

— Parece. Quer falar com ela? Suba!

Subi.

Bati com firmeza, ótimo se ela me mandasse embora, me enxotasse com palavrões, me mandasse para o inferno. Eu iria de boa vontade.

Veio abrir a porta. Nem ficou admirada de me ver ali. Parecia que me esperava, sabendo que eu iria. Acendera o rastilho e esperou a bomba explodir.

Nunca entrara no quarto dela, era a primeira vez. Quente, abafado, nada lembrava o irmão, ela sozinha enchia tudo, eu jurava que nunca homem nenhum entrara ali, deitara naquela cama. Havia alguma coisa virginal na cama, nas cortinas brancas, nos tapetes, tudo parecia intacto, casto.

Helena vestia um quimono branco com rendas. Foi logo pedindo cigarro, me ofereceu a poltrona perto da cama. Sentou-se à minha frente, à beira do leito, a luz da mesinha de cabeceira batendo num lado do seu rosto, o outro no escuro, opaco. Arranjou um cinzeiro para mim, queria conversa comprida.

Não me dava importância. Seria capaz de tirar a roupa, ficar nuazinha ali. Aos poucos, foi me chegando o cheiro dela, cheiro de carnes malvestidas, soltas debaixo daquelas rendas. Me perturbava.

"Porco, grande porco! Essa mulher tem uma tripa inchando dentro dela e você a deseja assim mesmo!"

Começou por ela:

— Sempre se resolveu?

— A quê?

— A participar do equívoco?

— Que equívoco?

— Você mesmo disse, equívoco de ventre, não foi?

— Não pretendo participar de nada.

— E o que veio fazer aqui?

— Estou disposto a fazer o que for necessário, o que precisar que eu faça. Não é um favor que lhe presto, nem é da minha conta me meter nisso.

Ela riu:

— Então o que é?

— Predestinação. Não me pergunte mais nada, você não entenderia. Vim para ouvir, não para falar.

Acendeu o cigarro, puxou uma tragada forte, engoliu a fumaça com decisão, como se sufocasse dentro dela a tripa errada.

Perguntei:

— Tem alguma ideia do que vai fazer?

— Eu? Não, não tenho ideia nenhuma!

— Não vai botar fora essa coisa chata?

— Vou. Mas na época devida, daqui a uns sete meses.

Fiquei desconcertado.

— Pretende mesmo ter a criança?

— Por que não?

— Isso é absurdo!

— Absurdo? Absurdo seria se fosse você parindo! Sou eu que vou parir, sou mulher, posso ser mãe, não vejo nenhum absurdo nisso.

— Mas... o seu marido?

— Ah! O seu irmão?

— Não, não é o meu irmão quem conta. É o seu marido!

— Quem conta sou só eu! O resto que se dane!

Decidi ir embora. Nada mais a fazer ali, pensara no aborto, Helena teria necessidade de alguém para providenciar um médico de confiança, que não fosse um açougueiro nem um curioso, dar a logística da operação. Eu pensava nisso e foi o que disse.

Ela ouviu com a cara habitual, só Helena sabia fazer assim, o olhar ficava meio estrábico, vendo muitas coisas ao mesmo tempo. Quando fazia aquela cara eu sempre tinha vontade de esbofeteá-la e depois beijá-la.

Não me levou a sério.

— Deixa de ser bobo!

Tentei levantar.

— Fique aí mesmo, mas não pense mais em aborto!

Fui solene:

— É loucura você ter a criança!

— Loucura por quê? Mulher sempre teve filhos, se o mundo é louco não é por causa disso, mulher tem mesmo essa missão, está até na Bíblia.

Desconfiei que não precisava de mim para nada. Sugerisse eu a melhor coisa, a mais sensata e honesta, ela recusaria. Já decidira o que iria fazer, ninguém seria capaz de mudá-la um centímetro para lá ou para cá.

— Acha que o seu irmão vai me abandonar? — perguntou vagamente, como se não desse importância ao pormenor.

Dei de ombros. Na verdade, não saberia responder.

Helena apertou a unha de encontro aos dentes:

— Sabe? Ele me ama.

— Sei. Sei muito bem. Por isso mesmo é capaz de tudo. Perdoar, esquecer, matar ou se matar.

— Sim, ele é capaz de tudo isso.

— Menos de uma coisa: esquecer você.

— Como é que sabe?

Encarei Helena com gana.

— Está na massa do sangue.

Riu.

— Você tem o mesmo sangue...

Fiquei tenso. Ela me olhou surpreendida e perguntou:

— Já amou alguma vez?

— Não vem ao caso.

Levantei-me. Ela não mais me prenderia. Bom sair sem dizer palavra, ela não merecia consideração. Mas botei tudo para fora, não queria me arrepender depois:

— Vou propor um acordo, não me pergunte por quê, nem para quê, nem classifique nada com adjetivos, pense apenas nos substantivos, naquilo que importa. Desejo ajudar você, desejo e devo, promessa feita ao irmão, bem verdade que em outro sentido. Não terei nem quero ter opinião a respeito de nada. Você dirá o que quiser que eu faça, eu farei tudo o que for possível. Basta isso.

Ela me olhou com interesse. Lógica a minha proposta, sobretudo o que ela queria, o que esperava de mim.

— Você é um anjo!

Levantou-se. Deu uma volta pelo quarto, depois se aproximou. Senti o cheiro do banho recente, um pouco do calor da sua pele que o quimono rendado não escondia de todo, deixando ver nacos de sua nudez.

— Estamos em novembro, espero a coisa lá para o fim de abril ou início de maio. Daqui a um mês dará para ser notado, temos de ir para fora, para qualquer lugar.

— Temos? Por que "temos"?

— Olha o pacto, nada de perguntas!

— Mas logo eu!

— Ir com a velha seria asneira, daria no mesmo. Com você será diferente, passaríamos por marido e mulher...

— Marido e mulher!

— Não vão pedir certidões na testa!

— Coisa ridícula, Helena, coisa ridícula!

— Olha o adjetivo!

— Assim é demais.

— Marido e mulher, amigados, amantes, qualquer troço. Basta que as raízes fiquem encobertas, entendeu?

Raízes. Ela se preocupava com raízes. Percebeu que eu hesitava.

— Vai pensar nisso?

Olhei-a com seriedade, tentando adivinhar se ela no fundo não armava uma cilada.

— Vou.

Já estava na porta. O quarto me sufocava, a carne de Helena cheirando, saindo das paredes, escorrendo pelas cortinas, impregnando minhas roupas. Se a agarrasse, se a levasse para a cama, daria no mesmo, talvez ela nem reclamasse, talvez gostasse.

— Sabe o que nós somos? — perguntei.

— Combinamos, nenhum comentário!

Precisava dizer o que me entupia:

— Somos dois cretinos...

Ela me olhou de um jeito mau. Sua boca tremeu. O corpo inclinou-se de leve em minha direção. Senti suas pernas tocarem nas minhas. Um gesto, e a teria, inteira, submissa, minha.

Bati a porta.

Sei lá por quê, toda vez que saio do quarto de uma mulher, tenho a impressão de que ela ficou a rir.

— Olha o trem das dez e meia!

Levantei os olhos do caniço, olhei o leito da estrada de ferro. Na curva da Garganta de Pedra, limitando a Fazenda Modelo, a máquina lançava o focinho de aço, deitando uma fumaçada espessa, golfada negra, vomitando calor. Depois, vinham os vagões, os dois primeiros sempre de carga, mais dois de segunda, o carro-restaurante, cinco ou seis de primeira.

Helena e eu gostávamos de olhar o trem das dez e meia. Era íntimo, amigo, nele viajamos até Desengano e isso nos unia ao trem. Era o nosso trem.

Passavam outros depois, o mais bonito era o das nove da noite, alegre, todo iluminado, no carro-restaurante pessoas jantando, adivinhava-se o ruído dos talheres, as jarrinhas com cravos, o brilho dos copos.

E os trens de carga, compridos, intermináveis, levando o gado de Minas, vagarosamente, para o Matadouro de Mendes.

Os trens eram o nosso maior acontecimento. Da Garganta de Pedra até a curva do outro lado, onde sumiam, havia a reta, uns duzentos metros, não mais. Quando não havia trem, sobrava a inutilidade dos trilhos, silenciosos, os dormentes besuntados de óleo, as pedras sujas de carvão.

Os trilhos vazios davam tristeza, significavam abandono. Só olhava para aquilo quando passavam os trens, não gostava dos fios de ferro, paralelos e longos, que conduziam à cidade. Teria de passar por eles, na volta. Aqueles dois fios eram miseráveis.

Fevereiro já. Desde meados de dezembro ali, enfurnados em Desengano. Helena fecundando, eu ali, bestando. Era o plano dela, eu aceitara, prometera não discutir. Ela não queria perder o filho, a solução seria esconder a gravidez tanto quanto possível, passando os meses longe dos conhecidos, dos parentes, dos amigos.

O projeto incluía também o "depois", como se ainda estivéssemos na Idade Média e ela fosse uma freira ou a infanta de uma corte severa. Arranjaríamos uma família que ficaria com a criança, por um ano. Depois se forçaria uma situação, um batismo de proteção, qualquer troço que justificasse a ida para junto da mãe. O irmão — garantia Helena — aceitaria a criança, ele queria ter filhos, mas não podia, seiva fraca, só não sabiam se a esterilidade era dele ou dela, a mãe de Helena tivera parto complicado, ligara as trompas, a velha dizia que a família era de figueiras bravas — uma ova!

Plano escabroso, de filme mexicano, de novela cubana, a mãe dela gostava de ouvir no rádio. Mas foi o que Helena decidiu. Eu me comprometera a ajudá-la até o fim. Dando ou não dando certo, tanto me fazia. A meu critério ficaram os pormenores, a escolha do local, o modo de vida que levaríamos, responsabilidades assim.

Antes de mais nada, precisava arranjar o lugar, um desses lugares perdidos que escondem as botas de Judas, ou mais perdido ainda.

Pensei em Maceió. Havia inconvenientes, longe demais para qualquer eventualidade. Pensei: em Campos, Friburgo, Teresópolis, cidades vizinhas do Rio, mas grandes demais para a pequeneza que desejávamos.

Bati de automóvel uma porção de lugarejos, vilas, aldeias, vasculhei todo o estado do Rio, nada de bom. Preferia um lugarejo ao longo da estrada de ferro, no eixo Rio–Belo Horizonte. Gostava desse lado, o mais bonito, o rio Paraíba fazendo curvas, lagos de vez em quando, pedras arredondadas e quase brancas nos trechos mais rasos, grotas calmas nos lugares mais profundos.

Do lado da Rio–São Paulo, o Paraíba era feio, corria em linha reta, os detritos das fábricas, naquele trecho, faziam o rio sujo e malcheiroso. Nas margens, a vegetação rala tornava a paisagem desolada.

Dei por acaso em Desengano, fim do mundo no meio do mundo, vilazinha tola, num ramal que estava para ser desativado, a estação caindo aos pedaços, ameaçando desabar quando passava a poderosa malé que puxava o trem levando o gado para Mendes.

Igreja, coletoria do governo, uma delegacia, alguns botequins sombrios, duas ou três dezenas de casas espaçadas e feias, algumas com paredes em cores muito fortes, a maioria desbotada, caindo aos pedaços.

Escolhi Desengano por dois motivos: o rio era soberbo ali, cortava o vale em duas curvas caprichadas, formando arquipélagos de pedras que brilhavam, boas, abençoadas ao sol.

E mais: o encanto do vale em si, parecia um gramado, com um capim rasteiro que cobria o terreno plano até esbarrar com a Mantiqueira, montanhaça emburrada, cheia de si.

A casa era pequenina, sala (onde fiquei dormindo), quarto, banheiro e cozinha, tudo tosco, luz elétrica só nos cômodos principais, o resto com lampiões de querosene, comprados no Dragão da rua Larga, loja ao lado do Itamaraty e da qual o padrinho dizia maravilhas, obrigando o pai a se tornar freguês.

Mobiliário simples, adquirido por lá mesmo, em não sei que mão, muita gente foge assim, os móveis pareciam trocados mil vezes. Do Rio levamos pouco, sofá-cama, uma poltrona, radiozinho pequeno, cangalha de cozinha.

Me disseram que o rio dava peixe, bom de traíra, peixe espinhento mas de bom sabor. Comprei em loja especializada um complicado aparelho de pesca em rio, tipo californiano, made in USA, maravilha tudo, caixa envernizada, instruções em cinco idiomas, tudo detalhado, desenhos mostrando como devia fazer, havia até uma gravura colorida, o lago azul refletindo a tarde cor-de-rosa, o homem de blusão vermelho e botas engraxadas no meio, montanhas ao longe. Em linha igual à minha, fisgada já, uma truta pulando, prateada, gorducha.

Deu em nada. Tudo era droga, salvei só a gravura, pendurei na sala, ficou sendo nossa única decoração doméstica.

Apanhei então um junco selvagem, sequei ao sol, adaptei linha e anzol, e era raro o dia em que não trazia peixe, em geral traíra.

Helena nunca tinha provado peixe de rio, demorou a aceitar, acabou aderindo e gostando.

Vida simples no mais, médico lá para a Fazenda Modelo, que diziam ter sido visitada pelo duque de Caxias numa de suas campanhas. Semana sim, semana não, íamos à consulta de charrete, que aluguei até o fim de maio.

Gravidez normal, nenhuma crise, Helena forte, sem complicação, boa parideira, bacia maternal — disse o doutor.

Temperatura boa. No Rio, calor de quarenta graus, tudo escaldando. A velha, que ficara tomando conta da casa no Grajaú, reclamava do calor, "uma caldeira!", e eu satisfeito, a velha já no inferno. Ela mandava as cartas que chegavam do irmão.

Helena lia no quarto, sozinha. Depois dizia:

— Tudo bem.

Íamos cedo para o rio, Helena sentava na margem. Eu pulava as pedras, até atingir a grota mais funda, que descobri ao acaso, ninho bom de traíra.

Pescando, tranquilo. Helena falou:

— Olha o trem das dez e meia!

Levantei os olhos para ver o bichão. O barulho assustava as traíras, tinha de dar tempo para que o sossego voltasse à água fecunda.

O sol me tostando em cima da pedra. Deixara a barba crescer, amolação me raspar todo dia. Adquiri um aspecto selvagem, nem no meu tempo de estradeiro me descuidara de fazer barba todos os dias.

Helena achava que eu ficava melhor assim, mais respeitável, embora com aparência mais velha. Eu me olhava no espelho e me achava parecido com um inglês, um inglês de anedota, que vai para o mato procurar ossada de outro inglês, ler a Bíblia nas horas vagas e, depois, também virar ossada.

Helena passava os dias a ler ou a preparar o enxoval da criança, mas sem pressa, sem entusiasmo. Formávamos um quadro burguês, sentimental, não muito diferente da gravura que pendurara na parede, o sujeito pescando truta na Califórnia.

Só não era repugnante porque nós não éramos nada, nem casados, nem amantes, nem mesmo amigos, eu apenas a escorava, depois aquilo tudo acabaria, cada um por seu lado, eu procuraria esquecer as traíras, o rio, o vale, o trem das dez e meia.

Eu via o ventre dela inchado, mas não sofria. De início me incomodava, o barrigão crescendo, não sei por quê, me dava um pouco de nojo. Depois me habituei.

O rosto de Helena ficou vulgar, redondo, os olhos apagados, perderam o fogo, parecia olho de estátua, vazio. Apesar disso, havia momentos que o olhar dela voltava a ser como antes, olhando tudo ao mesmo tempo.

Mas havia pouco para ela olhar.

As traíras não mordiam e eu podia ficar observando Helena. Sentada na margem, com um livro ou um trabalho para o enxoval da criança, nem parecia estar fecundando. Fazia parte da paisagem, tão bonito quanto o trem das dez e meia, o vale, a Mantiqueira ao longe.

Traíra beliscando, sentia o puxão gostoso na linha.

— Olha! Que grande!

Helena levantou e o ventre, já estufado, surgiu de repente:

— Maior do que a Macaca?

Macaca fora pescada pelo Ano-Novo, era enorme, pesava dois quilos e meio, focinho feito macaco. Helena não quis comer, nem eu, era muito feia, botamos no tanque com água do rio que renovava. Virou nosso bicho doméstico, Helena dava-lhe sobras de comida, quando eu pescava um lambari dava também. Macaca apreciava, perseguia o coitadinho pelo tanque, nós torcíamos contra. Não gostávamos dela, nos distraía apenas, e aquele ódio comum também nos unia.

Acabara de pescar uma outra que era igual no tamanho, pesada também, só que bonita, a cara lembrando ovelha, coisa mansa assim. Traíra tem isso de bom, cada qual lembra uma cara, uma pessoa. Houve o domingo em que pesquei uma pequenina, do tamanho de um palmo. Mostrei para Helena, ela mesmo reconheceu:

— Como esse bicho se parece comigo!

Não sei o quê nos olhos, talvez o jeito de olhar, um pouco vesga, querendo zombar de tudo.

No jantar, Helena não quis comer da bichinha. Cotovelo na mesa, mão segurando o queixo, ficou em silêncio, olhando para mim. Perguntou se eu queria. Quis. Comi inteirinha, com pirão e pimenta.

~

Ficávamos até tarde no rio. Levávamos farnel para lanchar sob as árvores que chegavam até a beira do rio.

Helena perguntava:

— Tem nojo de mim?

— Não.

— Diga que não me odeia.

— Não odeio ninguém.

— Diga: Helena, não te odeio!

— Helena, não te odeio!

— Ótimo.

Certa tarde, veio com novidade, obrigou-me a colocar a mão em cima daquilo que crescia dentro dela.

— Olha como pula!

— A tripa?

— Não, o meu filho.

— Bobagem, Helena. Isso é apenas uma tripa que vai inchando, inchando, até não aguentar mais. Aí vem para fora, a gente dá mingau, o padre benze, o colégio ensina os pronomes oblíquos e pronto. Mas, no fundo, é uma tripa.

— Está bem. Viva a tripa!

— Por ora, viva!

— E depois?

— Nunca se sabe.

Helena gostava de ouvir o programa de tangos, à tarde. Eu detestava os tangos, mil razões cá comigo. Mas ficava calado, mulher fecundando é assim, tem capricho besta de repente, aquele era mais um, eu vinha fazendo uma porção de coisas que detestava, mais uma menos uma tanto fazia.

Cuartito azul
de mi primero amor
si alguna vez volverá la que ame
vos le dirás que nunca la olvidé

O compasso sensual varava a janela e se espraiava no verde do vale. A tarde morrendo, a Mantiqueira ardendo no último sol.

Cuartito azul
de mi primero amor...

O cantor lamentava a paixão frustrada, a ingratidão da amada, pungia-se de dor diante do quarto azul, *fiel testigo de nuestra juventud.*

Helena ficava esquisita quando ouvia esse tango. Interrompia o que estivesse fazendo, olhava um ponto na paisagem, a respiração ficava diferente, ela viajava para longe, tão longe que custava a voltar.

Devia ter um quarto azul em sua vida. Só podia ser isso. Perguntei-lhe isso um dia.

— Pergunta besta!

— Desculpe. Foi sem querer.

Respondeu assim mesmo:

— Todos temos. Há sempre um quarto azul na vida da mulher, meretriz ou freira, o quarto azul existe. — Olhou-me com curiosidade: — Vocês, homens, também devem ter.

Respondi sem entusiasmo:

— Conheço um cara que teve um porão escuro.

Apareceu um circo pelo povoado. Coisa pequena, artistas esfarrapados debaixo de lona mais esfarrapada, luzes sem cor, desbotadas, roupas agonizantes, dois cavalos brancos e um leão.

O programa garantia que o leão era autêntico. Para mim e Helena, não fazia diferença.

Mesmo assim fomos ver o leão autêntico, antes que aparecesse um não autêntico. Helena teve dificuldade em subir as arquibancadas de tábuas, eram pouco firmes, espaçadas, levantei o problema, o dono arrumou duas cadeiras junto da pista, cobriu-as com um pano vermelho que fedia a algum bicho não identificado.

Chamou aquilo de camarote e cobrou um preço correspondente: era o único lugar privilegiado do circo, equivalia ao camarote real no Covent Garden.

Vimos o leão. Dentro de uma jaula tão frágil que parecia simbólica, deu a volta na pista, nem o tiraram de dentro. O domador, um paraibano esquálido, anunciado como o Coronel Fred, capengava de uma perna, informou que o leão ficaria na jaula porque naquele dia estava ferocíssimo, ele não queria expor o respeitável público a uma chacina.

A jaula ficou parada no meio do picadeiro, o leão autêntico olhou para todos nós, parece que não gostou, deitou-se, abriu um bocejo e começou a dormir.

E nós só não dormimos porque houve um acidente. A mocinha do saiote verde fazia acrobacias em cima do cavalo. Era um baio decadente que logo na primeira volta estranhou as duas cadeiras vermelhas, deu um pulo fora do compasso, a mocinha voou feio e caiu quase em cima de mim.

Agarrei-a como pude, levei-a correndo para a carroça que servia de administração do circo. Nada sério, só o pé machucado. Enfaixei o tornozelo, mão hábil de estrada sabendo quebrar galhos assim. Helena me olhando, com curiosidade.

O dono berrando: "Pros lugares! Pros lugares! O espetáculo vai continuar! Cacá, entre em cena!"

Cacá não entrava, todo mundo querendo ver a perna da moça bem de perto. Nem com a confusão o leão despertou. Helena pediu para ir embora, alegou o cansaço e o susto provocado pelo tombo da moça.

Três dias depois, manhã clara, estava pescando em cima de uma pedra, no meio do rio. Helena lendo na margem. Vi a moça do circo, num ponto mais acima da correnteza, pescando com vara igual à minha.

Gritei:

— Aí não adianta! Não dá nada, a corrente é muito forte!

Ela veio para junto de mim.

Passou por Helena, cumprimentou-a com desembaraço, com embaraço pulou as pedras, mancando, o pé ainda doendo. Sentou a meu lado. De eslaque azul, ficava magrinha, sem graça, com o saiote verde, maquiada com exagero, resultava num mulherão, a atração sexy do circo. Ali, no meio do rio, metida no eslaque banal, parecia até um rapaz.

Nada de peixe. Comecei a achar que a moça dava azar, jogador e pescador têm manias assim. Procurava um pretexto para afastá-la dali, mas não foi preciso. Ela se antecipou:

— Vou embora. Não quero criar problema.

— Que problema?

Virou o rosto para a margem. Helena tinha ido embora.

Pelo Carnaval, a mãe de Helena fechou a casa do Grajaú e veio passar uns dias em Desengano. Proclamava que era para "desintoxicar o organismo viciado pelo ar da cidade", mentira, vinha somente inspecionar a nossa vida e a gravidez da filha.

Podia ser tudo, menos hipócrita. Propalava aos ventos a certeza de que era eu o pai da criança, nem outro podia ser. Tal convicção redimia em parte o delito da filha, quase o justificava. Foi com o irmão do marido. Do marido que fora buscar ciência em outras plagas, deixando a esposa abandonada aos perigos de uma cidade. E veio o irmão do marido, também companheiro de infância, ficou com a gerência de tudo, da casa e da pessoa da filha. O adultério era decorrência, ficava tudo em família. Levando em conta as circunstâncias, nem era pecado.

A velha só não compreendia a obstinação de Helena em ter a criança. Conhecia a filha o bastante para saber que era irredutível, se cismasse de colocar um hipopótamo dentro da cristaleira, colocava mesmo, os outros que se danassem, o hipopótamo e a cristaleira inclusive.

Não gostei da visita. Diante da velha fazíamos tudo constrangidos, acabávamos parecendo amantes, tínhamos de fingir que fingíamos, era duas vezes detestável.

No domingo, levou-nos à missa, no centro da vila. Fomos os três, endomingados. Helena ajudou-me a dar o laço na gravata. Um mistério: descobri que minha melhor camisa havia recebido um monograma bordado.

A missa não serviu para nada, só atrapalhou a pescaria do dia. Para reforçar o almoço não houve outro jeito, tivemos de sacrificar a Macaca. Deu um assado esplêndido. Nem eu nem Helena provamos. A velha comeu-o inteirinho, guardou os restos para o dia seguinte, renderam uma apreciável fritada.

~

Na véspera de seu regresso ao Rio, tivemos uma conferência promovida e dirigida por ela. Como preliminar, fez pública declaração de que não aconselhara o nascimento da criança, fizera vista grossa à nossa mancebia, "justificava-a" em parte — chegou a acrescentar, mandando-me um olhar de compreensão. Eu me senti perdoado de uma falta que não cometera.

Várias vezes tentei atalhar a história, derramando um pouco de verdade. Helena me prendia com o olhar, cobrando-me a promessa de nada discutir.

A velha continuou. Ela não aprovava o nascimento da criança, mas já que era fato a se consumar, propunha que agíssemos não com o coração e sim com a cabeça — e apontava o próprio crânio para mostrar o local onde se encerra a solução de todos os problemas humanos.

Seria uma loucura levar o garoto para o Grajaú, como afilhado ou coisa que o valha. Mais cedo ou mais tarde o irmão acabaria desconfiando daquele fruto caído do céu. A presença da criança seria um constrangimento para todos. Melhor seria deixá-la em Desengano, não faltariam famílias locais que, com boa remuneração mensal, se habilitassem a aceitar o encargo. Ao dizer “boa remuneração”, olhou cheia de intenções para o meu lado, dando a entender que a responsabilidade seria minha.

— Tudo voltará à normalidade! — concluiu.

Helena deixou-a falar. Eu também. Resolvera não dar palpite, nem discutir o assunto com mais ninguém, nem mesmo comigo. Mas terminada a fala, a velha quis ouvir as opiniões contrárias. Era uma democrata, além de tudo. Exigiu minha opinião.

Dei:

— Helena fará o que quiser. Eu ajudarei no que puder. Apenas isso.

A velha ficou decepcionada com a minha economia verbal. Não chegou a dizer, mas li em seu olhar a palavra *cretino*. Voltou-se para a filha:

— E você?

Helena estava cabisbaixa. Tinha raiva. Toda vez que tinha raiva ficava assim, os olhos perdiam o verde travesso, o cinza tornava opacos aqueles olhos que sabiam brilhar.

— A senhora está enganada — começou ela. — Errada em vários pontos, em todos os pontos.

Tomou fôlego. Os olhos voltaram a chispar:

— Só eu, ouviu? Só eu decidirei. E já decidi. Terei a criança. E para evitar melodramas, evitar que a senhora ou outra pessoa façam novela à minha custa, como tudo para ele. Escreverei amanhã mesmo! Se ele quiser me abandonar, que abandone. Pode ficar por lá, com sua matemática, seu Einstein, se quiser dormir com ele também pode, o homenzinho talvez seja mais bonito se pentear os cabelos!

Helena tremia. Eu precisava fazer alguns reparos, diante da velha sentia-me na obrigação de defender o irmão, pensasse ela o que quisesse de mim ou dele. Na intimidade, não perderia tempo abrindo a boca em defesa dele.

— Não, Helena, meu irmão jamais dormirá com outra pessoa, nem com Einstein, nem com mulher nenhuma. Ele ama a mulher dele. É um asceta.

Helena fuzilou:

— Asceta! Belo asceta! Se você soubesse o que me entope a garganta!

— Alguém teve culpa nisso.

— Ah! Sou eu a culpada? Ele faz as misérias e sou eu a culpada, a miséria é minha?

— Houve uma miséria que ele não fez e que você fez com outro: o filho.

Helena vomitou um olhar de nojo. Saiu furiosa da sala, bateu a porta do quarto. Foi chorar sozinha, de raiva. Da sala, eu ouvia os soluços.

A velha caiu em si. Ficou alarmada com a tempestade que desencadeara.

Eu a tranquilizei:

— Ela não contará nada. Foi nervoso, coisa de mulher grávida. Passa logo, amanhã estará boa outra vez.

Depois eu vi, sozinho, passar pelo vale adormecido o trem iluminado das nove horas.

Para nosso sossego, a velha foi embora pouco depois daquela cena. Ficamos de novo sozinhos. Helena continuou amuada, queimava meus bifes na cozinha, fazia tudo de má vontade, deixou de ouvir o programa de tangos, nem foi ao rio por dois ou três dias.

Mas tudo voltou à rotina de antes. No terceiro dia depois do incidente, quando acordei, nem me surpreendi quando vi Helena preparando o farnel da pescaria. Aquilo me alegrou, eu também andava insatisfeito comigo mesmo, bobagem aquele rompante idiota, levara longe a preocupação de defender o irmão, coisa que no fundo não me preocupava.

Procurei pretexto para dizer que fora coisa tola aquilo, só o fizera por causa do diabo da velha.

Qualquer palavra sobre o assunto traria de volta o mal-estar, que não era só dela, era meu também. Não tocamos no assunto. Foi melhor assim.

Chegamos ao rio. Ela quis sentar-se no lugar de sempre, um pedaço de relva macia e uniforme, à beira da água. Eu sempre a ajudava, o adiantado da gravidez tirava-lhe a ligeireza dos movimentos. Quis sentar-se sem minha ajuda, como a dizer que não precisava de mim. O cesto do farnel atrapalhava. Num gesto rápido, segurei o cesto pela alça, ela não teve tempo de retirar a mão. Apertei-a com ternura.

Ficamos assim, de pé, mãos dadas, esquecidas. Helena não queria olhar para mim, cravara os olhos no chão, eu só via a testa dela, em que os cabelos colocavam um pouco de tristeza.

Súbito, deu um risinho ingênuo. Apontou o chão:

— Olha a formiguinha! Leva uma folha maior do que ela! Parece um barco à vela!

Não olhei a formiguinha. Helena levantou a cabeça. Trazia o resto daquele sorriso que a formiguinha causara. Ao dar com meus olhos, ficou séria. Seu olhar, porém, estava límpido, nenhuma nuvem. Sentia sua mão apertar a minha com força. Eu também apertei.

Ela suspendeu-se na ponta dos pés, beijou-me a face, com carinho.

Um mosquito me mordera a orelha, o lóbulo estava inflamado, ela me vira futucando na véspera.

Passou a mão pela ferida, beijou-a devagarinho, olhando-me nos olhos:

— Dói?

Disse que sim, com a cabeça.

Deu outro beijo.

— Vai ficar bom, tá?

Eu não pude dizer nada. Sentia o perigo, qualquer descuido e ficaríamos agarrados um no outro. Procurei ser forte.

— Precisamos substituir a Macaca.

Helena riu, tranquilizada também.

O melhor era o alheamento, não éramos nada um para o outro, sabíamos que nos pertencíamos de forma profunda, que ninguém nos tiraria aquele momento.

Foi completa a reconciliação. À noite, tivemos outro momento bom na janela. Víamos os últimos carros do noturno das nove horas, já sumiam na curva do rio. A escuridão, cortada havia pouco pelos pontinhos luminosos, retornou pesada e bruta. Ouvia-se o deslizar das rodas nos trilhos, compassadamente, morrendo aos poucos.

— Acabou-se — disse ela. — Agora só amanhã!

Helena inclinou-se sobre minhas costas. O calor de seus cabelos queimou-me a nuca. Eu sabia que ela estava com os olhos fechados. Apertava-me em seus braços. Grudou a cabeça no meu corpo, devia estar ouvindo meu coração. Beijou-me devagarinho, na nuca. Suas mãos passaram pelo meu rosto. À altura dos quadris, eu sentia seu ventre inchado. As mãos desceram até o meu peito. Segurei-as com força.

— Helena!

Ela se aprumou. Não deu tempo de virar-me. Fugiu. Fechou-se no quarto.

O noturno apitava lá longe, com melancolia... O apito enchia o vale, morria devagarinho. A Mantiqueira, ao longe, guardava em suas sombras o eco distante. O rio corria, manso, no compassado murmúrio das águas.

Eu olhava o vale adormecido. Na escuridão, os olhos projetaram, em silêncio, cenas de minha infância, cenas de tudo, nem sonhos nem esperanças — e, entretanto, eu chegara ali.

No peito, sentia o calor das mãos de Helena. O passado adquiria então uma significação nova, inesperada. Tinha sido o longo, o sofrido noviciado para que eu pudesse desprezar o futuro.

Era noite — fazia uma lua medonha lá fora —, eu me revirava no sofá-cama, morrendo de calor. Desengano não podia ser considerado como região serrana, aliás, era mais para o clima quente do que para o moderado.

Tirei a blusa do pijama, contei carneirinhos, não conseguia dormir. Pensei em entrar no chuveiro, daria uma refrescada. Levantei-me com cautela. Não queria perturbar Helena, que dormia no quarto ao lado. Desanimei do chuveiro, ia fazer barulho, Helena reclamaria.

Fumei um cigarro na janela. A lua derramava uma luz indecente em cima do vale. O rio brilhava, bicho de escamas que, em alguns pontos, refletia o luar.

Pulei a janela. O calor era intenso, o chão devolvia o mormaço do dia.

Na margem do rio me deu vontade. Tirei a calça do pijama. Mergulhei num lugar que sabia fundo, nadei de um lado para o outro, sentindo-me bem. Explorei as grotas. Havia maiores do que a minha, talvez dessem mais peixe, não custaria explorá-las, mergulhava até onde podia, encontrava raízes de árvores, não, não dava traíras.

Depois das pedras, o rio se abria num largo trecho sem obstáculos. A correnteza era então mais forte. Experimentei os músculos. Fui à outra margem e voltei, saindo quase no mesmo lugar. Boa forma física, os anos em cima dos caminhões, a rudeza da estrada, os imprevistos da solidão haviam temperado o corpo, eu estava bem de músculos, para minha idade estava ótimo.

Era bom estar ali, dentro da água. A lua, redonda e parecendo mais baixa, abençoava o homem nu dentro do rio nu. Pensei em Helena. Ficara sozinha em casa. Eu deixara a janela da frente aberta. Fiquei apreensivo. Quem sabe um ladrão, um louco, um animal?

Percorri outra vez a nado as grotas, passava pelas pedras, ia alcançando a margem.

Helena estava sentada em cima da calça do meu pijama.

— Eu também estava com calor — explicou.

Fiquei desconcertado. Ela sabia que eu estava nu.

— Se não fosse a tripa errada, ia nadar com você.

— Não valia a pena.

— Por quê?

— Só está bom porque estou nu. Com roupa não é a mesma coisa.

— Está me convidando?

— De jeito algum.

Ela se levantou. Apanhou a calça do meu pijama:

— Levo isto. Como recordação.

Foi embora.

"Malandro não estrila!"

Dei tempo para que chegasse em casa. Depois fui correndo, sentia-me ridículo nu dentro da noite, a lua me iluminando, pior, me denunciando. Preferi andar no passo normal. Não tinha do que fugir, de quem me esconder. Achava certo prazer naquilo, andar nu não era tão ruim assim, em sonho é pior.

Minha calça estava em cima da janela. Vesti rapidamente. Só então reparei que Helena ficara perto, um pouco de lado.

— Você estava aí? — disse, surpreendido e contrariado.

Ela riu.

— Você é ridículo nu, sabe?

— Nem a lua ajudou.

Zombou do meu embaraço. Depois ficou séria:

— Estava brincando. Ajudou sim. Parecia uma estátua andando.

Eu começava a ficar irritado.

— Bom, o meu calor passou. Vou dormir. Até amanhã.

Ia pular a janela. Ela pediu:

— Vamos dar uma volta?

— Agora?

Saímos.

— O médico recomenda andar, ajuda a coisa.

— Mas não de madrugada.

— Nem com homem nu.

— Não estou mais nu.

— Esteve. Dá na mesma.

— Tramando alguma coisa?

— Não. Só brincando com você.

Deu-me a mão. Andamos na direção contrária ao rio, onde havia um bambual espesso e um cheiro de vegetal com cio.

— Quero deitar um pouco.

— Aqui?

Ela se deitou. Pediu que me deitasse também.

Vi a lua caminhar pelo céu. Adormeci sem querer. Quando acordei, a aragem anunciava o amanhecer. Senti um peso no ombro. Virei o rosto. Minha boca esbarrou nuns cabelos macios. Helena dormia, pequenina, a cabeça sobre meu peito.

Não fiz um gesto. Controlei o que pude a respiração. Até que a aurora, como um grito, caiu sobre a terra.

Na madrugada de um domingo Helena começou a sentir as dores. Estávamos em inícios de maio. Tinha a charrete pronta para qualquer eventualidade.

Ela me acordou:

— Já?

— Parece.

Fui buscar o médico na Fazenda Modelo. Uma noite estrelada por cima de mim, alheia. Fui e voltei em menos de uma hora. Helena já havia acendido o fogão, preparara o possível. Separou roupinhas, ferveu água, pôs toalhas na mesa.

Fiquei na sala. O médico examinou, achou a dilatação adiantada.

Ouvi só os ruídos. São estranhos os ruídos do parto. Têm mistério e dor. Também ouvi gemidos. Nunca ouvira Helena gemer. E agora gemia. Odiei os partos, os gemidos, as mulheres. Odiei sobretudo Helena.

"A porca! Como geme! Sofre, vomita sangue por baixo, arrebenta-se, expulsa a tripa, aquela coisa que parece um vômito..."

Tinha motivos para detestar aquele parto. Era o fim de tudo. Não precisamente o fim, o reinício de tudo. Tudo voltaria agora — especialmente o que nunca deveria voltar. A cidade, o emprego sórdido, o Grajaú, o adultério de Helena — tudo parecia me esperar na estação.

Razões de sobra para odiar aquele parto. Ele me roubava. A partir dele, eu que já não era inteiro, ficaria em pedaços.

"Sou uma besta, desde o início tinha a certeza de que o fim seria esse. Por que me aborrecer agora? Não construíra solidão e liberdade para mim? Iria voltar para minha solidão liberta!"

Ia voltar, mais arrebentado do que antes.

Não passara impune aqueles meses, a intimidade com Helena, o chão comum, eu o guardião, o pastor da ovelha ferida que em mim buscara proteção — e tivera bem mais do que isso.

Sem exagero, sentia o coração sangrando, tanto quanto o ventre de Helena. O sangue dela vinha para fora. O meu subia até a boca, sufocava.

Choro de criança no quarto. A voz do médico contente:

— É um menino!

O sol nascia de todo. Colocava visgos de sangue nos picos mais baixos da Mantiqueira. O vale tremia, nascendo embuçado em névoa de sangue.

Do quarto de Helena vinha cheiro de sangue.

Era assim que se nascia. No meio do sangue, da imundície da carne. Aqui fora, depois, a continuação da mesma imundície, do mesmo sangue.

Uma coisa me unia ao menino: nascêramos de ventres errados. Tive um momento de generosidade.

"No estado em que está, tanto faz. Se jogar no rio, com o balde das outras porcarias, será melhor para ele."

Acendi um cigarro. Abri as janelas da casa para espalhar o cheiro de sangue que se impregnara em tudo. O ar da manhã, com gosto de capim e orvalho, invadiu a casa, lavou o cheiro de sangue.

"Nasceu mais um filho da puta!..."

Era verdade. Parecia que só isso era verdade.

Tive vontade de esconder o rosto nas mãos. Para não ver, para não sentir.

"Preciso de controle! Preciso de controle!"

Na boca, senti um gosto de sangue. Mas era apenas o gosto azedo de um fim.

Helena ficou na cama durante cinco dias. Fui o seu enfermeiro, sua babá, principalmente seu amigo. Só não cuidava da criança, que me repugnava. Contratei uma mulher das proximidades, perita em umbigos e em outras porcarias, que me fora recomendada pelo próprio médico. Ela tratava de tudo o que se relacionasse com a ex-tripa, agora gente.

Deprimida, a Bela Helena. As faces descoloridas, os cabelos opacos, os olhos vidrados. Por baixo das cobertas adivinhava-lhe o ventre murcho, mumificado, desentupido. Apesar de abatido, o rosto dela tinha uma expressão que não conhecia. Devia ficar assim, depois do prazer, destruída mas pronta para recomeçar. Conhecera mulheres assim, se davam todas, ficavam lívidas, anunciando a ressurreição da carne.

Só voltei ao rio depois de uma semana, quando Helena já se levantara. Mas fui sozinho, ela não podia abusar, evitava caminhar muito.

Revi o lugar onde passáramos momentos juntos. A rigor, eu nem precisava voltar para o Rio, tudo parecia ter acabado. O trem das dez e meia passou pelos trilhos, cadenciadamente, estranho, inútil.

"É melhor assim."

Gastei a manhã e parte da tarde no rio.

Não pesquei uma só traíra. Quando voltei, Helena riu.

— Onde está o grande pescador?

— Que pescador?

— Aquele das traíras...

Olhei-a desanimado, abanando os braços vazios. Quis dizer que não havia mais pescador, nem traíras, nem trens, nem mais nada.

Helena entendeu o gesto.

— É, acabou.

— Sim, Helena, acabou.

O que não dissemos, mesmo porque se tornava desnecessário, era que nós também havíamos acabado.

Naquela noite, combinamos nossa volta ao Rio para o fim do mês. Helena já tinha pensado nos detalhes, estava segura de si. Sobretudo, não temia a solução de abandonar a criança. Nem sequer se comovia.

— Admirado? — perguntou, ao ver que eu a fitava com espanto.

— Sim.

— Não sabe que só os tolos se admiram?

— Eu sou um tolo, sempre lhe disse isso.

— Você também já me chamou de tola...

— Sim, nós somos tolos, mas você é... demais...

— Por quê?

— Ora... — dei de ombros — a criança, isso tudo...

— Eu quis isso tudo. E estou tranquila. Não tenho medo do que possa vir. Desprezo o futuro e tenho raiva do passado.

— Um dia, a carne da mãe pode se revoltar e você vai querer o filho de volta. Fará parte da novela que você armou.

Ela riu. Parecia que eu havia dito uma besteira sem tamanho.

— Acho que ainda não contei tudo...

Foi a minha vez de rir.

— E ainda tem alguma coisa para contar? Não basta o que já teve?

— Você ignora uma coisa importante. Eu vou ficar com a criança. Depois daquela discussão que tivemos diante de mamãe, escrevi uma carta a seu irmão contando que ia ter um filho. Estava sem sono, irritada pela discussão, fazia calor, não tinha nada o que fazer, não podia tomar banho nua no rio... Apanhei papel e comecei a escrever, contei tudo, a gravidez, a nossa vinda para cá, você ao lado me dando apoio... Coloquei a carta no envelope, subscritei e deixei aqui na sala, junto ao radiozinho. No dia seguinte você levou ao correio, lembra-se?

Lembrava. Sempre que escrevia, ela me entregava a carta e pedia: "Coloque isso para ele." Certa vez encontrei uma carta encostada no radiozinho, sem perguntar nada, levei-a ao correio, que ficava na própria estação do trem. Não poderia supor que Helena lançara à sorte o destino da carta: escrevera por desabafo. Se eu pactuasse, a carta chegaria ao destino. Eu fizera o resto.

— Você contou tudo?

— Quer dizer, tudo, tudo, não. Disse apenas que ia ter um filho que não era dele e que você estava me ajudando dentro das suas possibilidades. É a verdade, não é? Disse que não renunciaria ao filho, que se ele quisesse poderia ficar por lá. Se quisesse me matar, podia vir. Se quisesse se matar, também podia.

Helena estranhou o meu silêncio:

— Diga alguma coisa! O que está pensando?

Observei vagamente:

— Ele me tomará como seu cúmplice. Isso é chato. Sou um cretino, mas não gosto de trair ninguém, muito menos ao irmão que confiou em mim. Complexo de quem nasceu traído.

Helena deu um riso largo, divertido:

— Você tomado como cúmplice!...

Ficou séria.

— Olha, todo mundo pensa que você é o pai da criança. Ainda não percebeu isso?

— Sim. Sua mãe, o médico, a mulher que está cuidando do guri, todos pensam que sou o pai da criança e não chego a me amolar por isso. Mas não queria que o irmão tivesse dúvidas a esse respeito. Aborrece-me pensar que ele me julgará traidor, duplamente traidor.

— Mas, afinal, você está ficando imbecil?! Você não dizia que nada importava, os rótulos, os adjetivos...

— Sim, nada importa. Já que assim está, enfrentarei o resto.

Helena gostava de citar Shakespeare. Mania que vinha dos tempos em que, desde menina, o dr. Luís a obrigava a frequentar um curso de inglês. Ela aproveitava a minha ignorância para dizer coisas da própria cabeça, atribuindo-as a uma autoridade maior.

— "O resto é silêncio." *Hamlet*, terceiro ato, cena dois.

Ela citara por citar. Mas ficou preocupada de repente:

— Nem sempre o resto é silêncio. O próprio Shakespeare admitia isso...

Riu. Sentia que o limitado auditório pouco se importava com Shakespeare.

— Para você isso não é nada. É uma pena que você não goste de ler. Seu irmão lê errado, mas se vira de alguma forma. Você não, ficou ignorante, é uma pena, não sabe o que perde. Mas fique sabendo, Shakespeare tem sempre razão. Se no *Hamlet* o resto é silêncio, em *Romeu e Julieta* é diferente.

Tomou ar de atriz num palco imaginário e declamou:

— "Quem viver mais leva o resto."

Pegou-me a mão.

— Lembre-se sempre disso: "quem viver mais leva o resto".

E para melhor me convencer:

— *Romeu e Julieta*, primeiro ato, cena cinco.

Na véspera do regresso, quando já havia despachado a maior parte de nossas coisas e o nosso mobiliário ficara reduzido ao essencial para mais uma noite, tentei dissuadir Helena do projeto de levar a criança consigo. Isso tornaria sem efeito a fuga da cidade, o mistério que nos levara a Desengano. Se era para todo mundo saber e se danar, por que não ficáramos no Grajaú, a enfrentar desde então as consequências?

O sacrifício fora feito, era aproveitá-lo. Se a criança ficasse em Desengano, prevaleceria o plano anterior, haveria ainda alguma esperança de se normalizar a situação. O irmão poderia, quem sabe, não diria perdoar, mas esquecer. E ela própria poderia esquecer — tão importante ela esquecer também! Tudo voltaria ao normal, remendado, mas inteiro.

Com a presença da criança seria impossível. Ela perpetuaria o adultério. O irmão jamais tragaria as duas coisas juntas: o chifre e o bastardo. Um, talvez ele engolisse.

O argumento fez Helena sorrir. Ficou, como sempre, com aquele olhar meio estrábico, chamou-me de burguês imbecil. No fundo, eu a admirava por ter tomado aquela decisão. Mas sentia a obrigação de continuar o jogo idiota, tentando abafar a verdade.

Mais um motivo para odiar o irmão. Afinal, ele me reduzira, diante de Helena, a um hipócrita convencional, preocupado em manter aparências. Resumindo: ele me obrigava a ser outra pessoa. Talvez fosse uma vingança dele, fazendo-me agir como agiria o pai — o pai que era só dele.

À tardinha, logo depois do jantar — que foi mais cedo — Helena quis dar umas voltas pelas redondezas, para se despedir da paisagem que nos unira.

Fomos ao rio. Pela primeira vez ela não ficou na margem. Saltou as pedras comigo, de mãos dadas, foi conhecer a grota da qual eu tirara tantas traíras.

— Era aqui?

— Era.

— Como é bonita!

Curvou-se para ver o fundo. A água estava límpida, refletindo a cor rosada do céu, que se preparava para receber a noite.

Helena voltou à margem, catou pedrinhas e regressou. Jogou as pedrinhas espaçadamente, divertindo-se em ver formar os círculos que tremiam à superfície e morriam, um de cada vez, nos recôncavos da grota.

— Está espantando as traíras — disse-lhe.

— Que mal tem isso? Preferível espantá-las do que fisgá-las à traição, como você fazia. O que é pior: assustar ou matar as traíras?

— Sei lá. O problema não é meu, é delas. Eu não tenho problemas.

Helena deu-me uma pedra, guardando outra consigo:

— Agora, juntos, vamos atirar...

Ela contou, num jeito infantil:

— Um... dois... e... três!

Jogamos as pedras. Dois círculos nasceram à flor da água, misturaram-se em convulsões de pequenas ondas. Helena curvou-se tanto que ia perdendo o equilíbrio. Segurei-a então pela cintura, com a minha mão forte. Ela se refez rapidamente. Encarou-me com aquele olhar que me punha sem jeito:

— Então, você não tem problemas...

— No momento o meu problema é não deixar Helena cair no meio das traíras. O que você iria fazer no meio das traíras?

Continuava a segurá-la pela cintura. Ela se deixava enlaçar. O sol que morria — nosso último sol — colocava em seus cabelos um tom de ouro sujo.

Helena cruzou as mãos em minha cabeça. Apertou-a, olhando-me nos olhos. Eu também a puxei para mim.

Senti primeiro a umidade de seus lábios. Depois o mormaço de sua língua. Nossos dentes se encontraram, com um fragor de batalha. Pela garganta dela sentia subir um gosto de vida, estranho calor de carne. Fechei os olhos. Helena entrava dentro de mim e me amolecia.

Ela dentro de mim, eu dentro dela. Até que o mundo tinha leis mais ou menos certas.

A respiração dela era irregular. Toda ela me entrava pela boca, queimava-me, eu a respirava.

A tarde caiu.

O céu perdeu a cor azul e rosa, acinzentou rapidamente e rapidamente escureceu.

O verde da paisagem se recolheu. O contorno do rio desaparecia. A Mantiqueira ao longe, amortalhada em treva, preparava-se para dormir, embrutecida, o sono do mundo.

Eu via apenas os olhos de Helena, no início enormes, dilatados, um brilho opaco que gemia em silêncio. Depois fechados, eu a via pela boca — e nunca a vi tanto e tão bem.

O rosto dela estava frio, gelado. Apertei-a com força. Ela gemeu, baixinho, dentro de mim.

Um trem de carga, comprido, apareceu na curva do rio. Vagarosamente cortou o vale. O mugido do gado saía de dentro dos vagões com um toque de melancolia dolorida que tornava pungente o entardecer. O cheiro de carvão queimado ficou pairando no ar.

Quando o último carro sumiu, Helena tinha os olhos molhados.

Era a fumaça do trem.

Terceira parte

O Ventre e o Resto

A vida era essa mesmo: uma questão glandular. Glândulas, boas ou más, lá dentro. E circunstâncias, boas ou más, aqui fora. Para que lutar a favor da vida ou contra ela se no fundo sou ponto insignificante na trajetória de coincidências que não domino e de glândulas que não escolhi?

O que eu podia fazer de positivo, contrariando glândulas e circunstâncias, era dar um tiro na cabeça. Mas não tinha revólver nem vontade de comprar um. Um veneno serviria. Mas não é a mesma coisa a gente dizer: "Vou tomar veneno." Dizer: "Vou dar um tiro nos miolos!" tem ênfase maior, com retórica própria, tem até mesmo um efeito relaxante que adia o momento da verdade mas não o elimina.

"Sim, o melhor é me matar. Com tiro, veneno, fogo ou água, qualquer elemento serve, o importante é interromper essa cadeia imbecil de equívocos. Até aqui, continuei vivendo mais ou menos por curiosidade, para ver no que as coisas iam dar. Até a curiosidade eu perdi. Mas preciso de cuidado. Não posso me matar agora. Helena pensaria que fora por causa dela, o irmão lamentaria estar envolvido no drama. Até os vizinhos de Mata-Cavalos se meteriam na história, diriam que eu era esquisito, não falava com ninguém, tinha hábitos misteriosos. Todos enfim seriam sórdidos. No necrotério procurariam minhas vísceras sentimentais — uma lenda que li não sei onde garante que os suicidas têm uma supra-renal diferente, capaz de provocar distúrbios, inclusive a lucidez de ver melhor o mundo.

"Assim não. Vou me matar quando ninguém tiver, nem eu mesmo, motivo sério ou não sério ao qual atribuir o meu gesto de desespero."

E ali estava um lugar-comum cretino: "gesto de desespero". O suicídio é gesto de desespero. Ateou fogo às vestes, lançou-se do nono andar ao solo, tomou formicida com guaraná — tudo é gesto de desespero. Muito mais desesperado fora aquele beijo na última noite de Desengano. Depois dele, sim, a morte teria sentido. Teria sido uma morte heroica, como num campo de batalha.

Já que resolvera não me matar agora, de que adiantaria pensar na morte? Curioso, a morte nunca acontece enquanto pensamos no suicídio, quando marcamos datas para estourar os miolos. Se todos os dias eu dissesse: "É hoje!", acho que ficaria eterno.

Esperássemos um pouco. Veríamos o que a vida ia fazer comigo. Era gostoso adiar a própria morte, ter o poder de continuar vivendo — a menos que um teto caísse sobre a cabeça, um carro me atropelasse, um ataque do coração me fulminasse. A questão, como sempre, era o controle, saber até onde podia ir, sem esperar pela decomposição aos pedaços, os espasmos cerebrais, a uretra obstruída, o câncer no duodeno.

Viver até mesmo sem curiosidade, num tobogã desconhecido, ignorando o que vem depois de cada curva, mas achando divertido descer rumo ao destino que aqueles ventres todos haviam me preparado.

Tudo podia acontecer agora. Ao menos esse lado ficava decidido, aceito. De doses em doses pequeninas, fui adquirindo resistência, como vacina. Sobravam alguns momentos, mas eu não gostava deles. Pareciam esmolas dadas com má vontade. "Isso vai acabar daqui a pouco, por que não acaba logo?"

Isso sim, ainda me apanhava desprevenido. Daí que chegava a odiar Desengano. Odiava Helena. Odiava sobretudo o sobrinho postiço. Escolhi-o como alvo preferencial, ele passou a ser o culpado de tudo. Sabia que os meus problemas continuariam nele e isso era um consolo, besta, mas sempre consolo. Era também fruto de um ventre equivocado. Detestaria a vida, os homens, as mulheres. Tinha um futuro diante dele.

Ao invés de estimá-lo, não o suportava. Sentia repugnância por aquele gurizinho que começava a balbuciar sons imbecis, a engatinhar pelo chão como um bicho. E ele não era feio. Era saudável até. Tinha os mesmos olhos de Helena, olhos às vezes estrábicos, irônicos.

Não dizia a ninguém que detestava o guri. Sempre que ia ao Grajaú levava-lhe um presente. Mas o garoto também não gostava de mim. No fundo, alguma coisa advertia-o do meu ódio.

Eu ficava irritado quando pensava que um dia o guri poderia imaginar que eu fosse o seu verdadeiro pai. Perguntei isso a Helena:

— Já pensou na possibilidade do garoto perguntar pelo pai?

— Já.

— E você dirá a verdade?

— Para que a verdade? Já viu coisa mais imbecil do que a verdade? Imagine se um gongo diabólico soasse nas nuvens e a partir daquele toque todo mundo só pudesse dizer a verdade pelo espaço de cinco, dez minutos. Quando o gongo soasse outra vez, encerrando o prazo, o que aconteceria?

— Um suicídio universal, creio eu.

— Por isso mesmo, fiel à mentira, se algum dia ele me perguntar pelo pai, eu direi o que vier à cabeça. Direi que é você, por exemplo.

— Eu?!

— Por que não? Mamãe está crente que o pai é você. Chega a achar o garoto parecido... Seu irmão também deve estar pensando o mesmo. Para que incomodar tanta gente? Fique você como o pai e pronto, está acabado o assunto.

— Isso é um novo absurdo! Nós nunca misturamos espermas. Respeitemos Desengano, foi um tempo bom em minha vida...

— Na minha também...

— ...é a única coisa que me atrevo a pedir.

Helena ficou admirada da veemência com que me defendia:

— Você está ficando imbecil ou louco.

— Estúpido apenas. E você é uma cretina.

— Já sabia.

Fez uma careta. Deu uns passos em volta, olhou o tal quadro de Degas, decoração mais destacada da sala. Disse, baixinho, mais para ser ouvido por ela do que por mim:

— É. Esse garoto fez uma coisa horrível. Tornou-me cretina, tornou meu marido corno, tornou você estúpido. — E com raiva, os olhos chispando: — Odeio o garoto!

— Todos o odiamos. Você, o irmão, eu, todos o odiamos. Mas não podemos afogá-lo no tanque. Seria muito bom para ele. É necessário que viva até o fim.

— Você acha o tanque melhor?

— Acho. Conheci um sujeito que nasceu em situação mais ou menos parecida. Todos o odiavam. E o odiavam tanto que ninguém teve a caridade de afogá-lo no tanque. Deixaram-no viver, o que foi pior para ele.

— Como sabe disso?

— A gente sempre sabe.

— Nós já nos dissemos isso, não?

— Já.

Helena olhou-me fixamente. Examinou meus olhos como nunca fizera antes. Desceu fundo às suas recordações, reviu cenas de nossa infância, comparou ideias. Finalmente suspeitou. Disse com delicadeza, como quem não quer ferir:

— Você?

Fiz que sim com a cabeça. Era a primeira vez que confessava a alguém a vergonha com que nascera.

De início, Helena ficou séria, respeitando a confissão. Depois soltou uma risada clara, completa, alegre.

— Bem que todo mundo o achava tão diferente de seu irmão!

Ela continuava a rir. Era preferível que risse. Se me lastimasse seria pior, eu me sentiria mais miserável. De repente, ficando séria:

— A vida é uma sujeira! Mas gosto dela assim mesmo! — E voltando ao tom habitual: — De qualquer forma isso não redime a sua estupidez. Direi para seu irmão quem é o pai do garoto, se você se incomoda com isso é porque ficou tão estúpido como os outros... igual a todos...

— Tem razão, Helena. Alguma coisa me tornou estúpido. Estou me aferrando à vida, estou ficando um porco com medo da faca, como todo mundo... Já começo a achar encanto na lama do dia que vem depois da lama do outro dia e nada melhor do que uma lama depois outra. De maneira que, agora, tudo é lucro, estou disposto a enfrentar qualquer lama e qualquer resto...

— Por que você precisa desse resto?

— Eu me transformei num resto de mim mesmo.

O irmão retornou três dias depois do primeiro aniversário do filho de Helena. Telegrafou-me de Recife, pedindo-me que o fosse esperar no cais. Não queria que os amigos e os colegas soubessem de sua vinda.

Era então, em nível latino-americano, uma celebridade. O nome dele fora lembrado para um prêmio internacional, mas o pessoal do Itamaraty tinha outro candidato, insistiu na indicação desse outro, o prêmio acabou nas mãos de um canadense que se confessou discípulo do irmão, diluidor dos estudos dele.

Apesar de não ter ganhado o prêmio, o seu prestígio acadêmico era cada vez maior. Tanto na matemática como na física, passara a ser considerado como um embrião de gênio.

Eu nunca tinha ido esperar alguém no cais. Nunca o mar me mandara nada. Compareci à hora marcada para o desembarque. Mas o navio não procedeu da mesma e correta forma. Passei a tarde olhando os guindastes, até que os alto-falantes do Touring Club avisaram que havia um grande atraso, o navio tivera um contratempo no porto de Vitória, só chegaria no dia seguinte, ao meio-dia.

Voltei para o apartamento em Mata-Cavalos. Telefonei para Helena.

— Como é? Alguma novidade?

— Nada. O navio só chega amanhã.

— Tanto faz. Podia não chegar nunca.

Deitei-me. Estava sem sono, custei a dormir. Pensava no irmão. Voltaria para quê? Para sua família? Que família? Para a sua pátria? Que pátria? A pátria dele, na qual se tornara cidadão respeitável, era a tábua de logaritmos. A família, essa ele não tinha mesmo. Eu não era bem seu irmão, Helena não era bem sua esposa e o filho, esse mesmo é que nada era seu.

Não importava que o irmão tivesse ou não pátria ou família. Daqui a cinquenta anos falarão nele, nos livros e círculos especializados, como o autor de uma teoria sobre a quadratura da hipotenusa em relação aos catetos no espaço tetradimensional. Essa seria a sua eternidade. A posteridade — se ele chegar lá — tem isso de bom. Não se ocupará com a dimensão dos chifres dele.

Ninguém pensa em Napoleão como corno, em César como veado. Quando muito, há uma referência à careca de César e à úlcera de Napoleão. Dessa forma, as enciclopédias de amanhã estamparão o frontispício do irmão com a expressão inteligente, o olhar sagaz, o ar de superioridade tão próprio dos homens que conseguem aprender as equações do segundo grau e as frações decimais.

Só eu, seu irmão pela metade, saberia que no fundo das frações, das equações e das dimensões haveria alguém: ele.

Acordei, em meio ao sono, com a impressão de que alguém tocara a campainha. Teria sido um sonho? Já me dispunha a dormir de novo quando outro toque me levantou de vez. Olhei o relógio: quase três horas da manhã. Quem seria àquela hora?

Abri a porta. Vi o homem magro e terroso no corredor escuro. Não sabia quem era. De início, pensei que devia ser engano, procurava outro apartamento.

O vulto não se mexia, não saía da minha frente.

Ia perguntar a mim mesmo se não o conhecia. Não tive tempo. Um cheiro estranho saía daquele corpo terroso. Essa é a vantagem dos homens de nariz grande: percebem cheiros entranhados. Adivinham rastros — como os cães. Sentem, à distância, objetos, seres, fantasmas.

Sim, eu já sentira aquele cheiro. Um cheiro antigo, vagamente desagradável. Olhei para o visitante que a noite me mandava. Ele também me olhava, mais tímido do que espantado. Parecia ter medo de alguma coisa. Se eu gritasse: "Vá para o inferno", ele iria, em silêncio, sem reclamar. Todo ele expelia, como um fedor, a nudez de uma angústia antiga, de uma tortura renovada... sim... uma tortura... a palavra me dava acesso a ele.

Eu conhecia o homem.

— O navio chegou fora do horário — disse, para se desculpar.

Fazia quase quatro anos que não nos víamos. Havia um mundo de palavras a serem ditas, explicações a serem dadas, fatos a serem comentados. Mas o que ele dizia era mesmo aquilo: o navio chegara fora do horário, atrasado primeiramente e adiantado depois. Para a sua visão matemática do universo, aquilo era transcendental. Mas o irmão devia ser um matemático epidérmico. O que havia dentro, acho que nem ele próprio sabia.

— Esperava você amanhã — disse eu. — Fui ao cais, avisaram que o navio só chegaria ao meio-dia de hoje. Essas companhias são uma droga!

Ele concordou. E entrou pela minha sala com cerimônia. Percorreu com o olhar neutro as paredes nuas, sentou-se numa poltrona, exausto de um esforço imaginário. Estranhei a ausência das malas.

— Ficaram no navio. Devo seguir viagem para Buenos Aires, mas só depois de amanhã... não esperava passar dois dias aqui... O Rio é insuportável. Não tenho nada a fazer aqui. Desci para... descansar um pouco... a travessia é chata... em cada porto gosto de pisar o chão firme... ver coisas...

Eu estava de pijama, irritado pelo sono interrompido. Não sabia o que fazer.

— Fome? — perguntei.

— Obrigado. Ceei a bordo. Aceitaria um café.

Fui preparar o café. O irmão instalou-se mais à vontade, tirou o paletó e a gravata. Estava magro, ossudo, uma ligeira corcunda se pronunciava, tal qual a do pai.

Foi ao banheiro, lavou o rosto, depois chegou-se à cozinha, onde eu esperava a água ferver. Quando despejei o pó na vasilha um aroma bom espalhou-se pelo apartamento. Ele aspirou o perfume.

— Há muito tempo não tomo um cafezinho desses. Lá fora o negócio é diferente. O cheiro do café sempre me lembra uma porção de coisas.

— Tristes? — perguntei.

— Conheci uma pessoa que tinha a mania de dizer: “Os adjetivos não importam.”

— Isso é apenas uma frase.

— Tudo termina em frase.

Concentrou-se para saborear o café, repetiu a dose. Bebeu-o devagar, com unção, como um sacramento. Depois pediu-me um cigarro. Estava cheio dos americanos, uma boa droga. Para atenuar o malefício, a incidência de câncer causada pelo fumo, a indústria de lá fabricava cigarros adocicados, sem gosto, que têm tanto de fumo quanto o Padre Eterno de sífilis.

O irmão voltara mudado. Nunca fora dado a frases. Era uma negação em matéria de ironia. Aquela imagem, a do Padre Eterno com sífilis, era espantosa nele. Reparei bem: ele parecia mais humano, mais quente. A fisionomia era mais suave, seu rosto tinha até uma nobreza inesperada. "Um futuro Correggio!", como dizia o padrinho a seu respeito. Ali estava, finalmente, o Correggio. Alguma coisa transformara o calhorda em Correggio.

Ele percebeu que eu o observava.

— Estou mudado, não?

— Tudo muda — respondi. — É a exigência da vida, do progresso.

— Sim. O progresso... Vamos obrigatoriamente para a frente, nos arrebentamos todos, nosso corpo se degrada, aqui por dentro é pior... a isso chamamos de progresso... ir para a frente...

— A alternativa é pior.

— Não sei. Às vezes penso que não.

Voltamos para a sala.

— O que você fez da vida? — perguntei.

— Resolvi equações.

— Você é aquilo que os jornais chamam de "homem de ciência". Só se preocupam com as grandes leis, da matemática para cima, o que interessa é o universo, essas equações que você falou... e sabe ao menos o que é o universo?

O irmão pareceu divertir-se com a pergunta:

— Einstein definiu-o: Gik = 0. Se quiser explicitar mais um pouco, vamos lá: RiK, = 0, RiK, 1 + i + Rl = 0. — Baixou os olhos, com humildade: — À falta de outra definição, eu aceito essa. É simples, lógica, e até certo ponto, bonita.

— É — disse eu desanimado —, você deve ter razão. Mas para mim tudo isso é uma estupidez...

— Mas o universo também é. A lei dele é não ter lei.

— Eu não entendo o universo.

— Eu tampouco. Apenas o defino. É diferente.

Não podíamos gastar o resto da noite numa conversa dessas. Ele não queria voltar para o navio, fazia 12 dias que vivia naquela geringonça que balançava sobre as águas, desejava dormir em cima de coisa mais sólida. Emprestei-lhe um pijama e cobertas. Deitei-o no sofá-cama que levara para Desengano. Que me lembre, nunca o vira dormindo em sofás. Não custava experimentar.

Voltei ao quarto, para tentar dormir. Depois conversaríamos mais e melhor. Ele talvez quisesse dar uma volta pela cidade, ou procurar algum amigo.

A excitação da visita não me dava sossego. Percebi que ele também não conseguia dormir. Aproveitando uma deixa, quando notei que ele procurava cigarros, levantei-me, dei a noite como encerrada.

— Já é tempo — disse-me ele. — Pouco falamos antes. E afinal somos irmãos...

— Pela metade — disse eu, enfrentando-lhe o olhar.

Ele pareceu surpreso:

— Como? Você *também* sabe?

— Quem devia perguntar isso era eu.

Evidente que não iríamos contar como soubéramos. Essas coisas são assim. "A gente sempre sabe." É tudo. Além do mais o problema era mais meu do que dele. Mesmo assim ele foi gentil. Perguntou se doera muito.

— Não importa — respondi. — Tenho agora uma perspectiva crua sobre a nossa infância, nossa casa, nós, nossos pais. Não me identifico com o sujeito que você conheceu em menino. Essa foi a maneira que escolhi para ser fiel à infância.

— Comigo foi diferente — disse ele.

Parecia sofrer. Mesmo assim foi forte e desabafou:

— Sou justamente isso. Um sujeito que não cresceu por dentro, que ficou o mesmo o tempo todo. Intacto. Isso no fundo é amargo. Dói.

O irmão pareceu meditar nas próprias palavras. Depois disse, sem emoção alguma:

— O mais curioso é que fomos amar a mesma mulher...

— Helena?

— Sim. Mas não importa. Sobrou de tudo isso uma coisa importante: eu mesmo. E vou dispor dela com o máximo de liberdade. Sem nenhum vínculo. Sem nenhum sentimento. Precisei regressar para perceber isso: não tenho nenhum sentimento. Nem sequer sofro.

Acendeu o cigarro, foi à janela ver o dia que começava a nascer. De repente perguntou:

— Você já pensou no suicídio?

— Já.

— É uma boa saída?

— É. Quando se descobre a inutilidade desse GiK igual a zero que você falou.

— Também acho. Já pensou, de verdade, em matar-se?

— Já. Todo mundo pensa um dia nisso. Só que me programei para mais tarde, não sei, talvez daqui a dez, 15 anos...

— Coisa idiota... daqui a dez, 15 anos...

— Não, não é idiota. Idiota é a gente se matar por temperamento, por decisão do momento, por paixão ou por fracasso. Acabar com tudo quando não houver nem tiver motivos precisos... Matar-se como se matam os sentimentais desiludidos, os amantes traídos, os comerciantes falidos, os doentes desenganados: isso não é suicídio, é covardia.

— E a dor de corno?

— Você se considera corno?

— Não. Nunca amei ninguém. Só fantasmas.

— E eles te traíram?

— Pior. Não existiam.

— E agora?

Levantou-se. Estava um pouco nervoso:

— Não tem mais agora. Quando se amou a fantasmas e se descobre que eles não existiram, que nunca existiram, não há mais agora, nem há antes nem depois. E quando não se tem mais agora se é eterno.

— Isso existe?

— Que seja outro fantasma. Será o último.

— E depois?

— O eterno se basta a si mesmo. Não tem depois...

— O seu eterno é muito parecido com o nada.

— O nada é que é eterno.

— E daí?

— A pergunta é de Platão, sabia disso?

— Não.

— Em todo o caso, mãos à obra. Iniciar a viagem. Passar o... o... — Ele hesitava. — É o nome de um rio. César transpôs esse rio. De um lado, um homem, do outro lado, um Deus. Ah! o Rubicão!...

— Há sempre um rio no meio...

— Chega a ser monótono. Há sempre um rio.

Parou de falar. Ficou olhando o ar, com uma cara vazia.

— Vai ver Helena? — perguntei.

— Para quê?

— Afinal, pelo menos esse fantasma existe e não está longe...

— O fantasma dela nunca saiu de dentro de mim. Houve outros, também. E acredite, piores...

— Outros?

— Os fantasmas não têm sexo...

— Não compreendo.

— Nem precisa compreender.

Não sei por quê, lembrei-me do Julinho, colega de infância. Sim, a vida era uma porcaria. Creio que disse isso em voz alta. Pelo menos, ele pareceu me entender:

— Enfim, restei eu. Sou agora o fantasma de mim mesmo, o que conta... o fantasma final.

Fiquei calado. Na verdade, estava confuso, deveria estar chocado, mas não conseguia. E já havia feito muitas perguntas. Agora quem devia perguntar era ele. Em qualquer circunstância, a vida não passa de um jogo de salão em que se pergunta e se responde, um de cada vez.

— Você sempre a amou, não?

A pergunta estalou no ar. Não a esperava. Fiquei embaraçado. Esperava tudo, menos pergunta tão sem resposta.

— Sim. Sempre amei Helena. Antes e depois de você.

Ele ficou aliviado com a resposta. Sentou-se no sofá, calmo. Vestido com o meu pijama, mais se parecia com o pai.

— O pai morreu de pijama. Sabe que você está a cara dele?

Ele não deu importância. Olhava o chão. Mais cedo ou mais tarde, a vida atinge aquele ponto em que só o chão importa. Tudo então fica sendo chão. Tudo termina no chão. A semente e o cadáver.

O dia nascera. Os bondes passavam com ruído, rumo à Lapa. O barulho subia até a sala e nos incomodava. Comecei a sentir sono. Tinha o dia à minha disposição, sempre tinha os dias à minha disposição. Podia dormir, ir à repartição, podia fazer o que quisesse. Ou nada fazer, que era o mais habitual.

O irmão não. Tinha problemas a resolver. Viera tomar hausto. Convencer-se de que havia amado fantasmas e que esses fantasmas não mais existiam porque nunca haviam existido. Para ter certeza de que o seno A mais o cosseno B era igual a X ele precisou ir à Bélgica, à Itália, ao diabo. Para se convencer de que os fantasmas não existiam, precisou voltar.

— Posso perguntar pelo pai do filho de Helena?

— Pode.

— Está feita a pergunta.

Era a minha vez de falar. Até então evitáramos o assunto. Mas ele existia sobre as nossas cabeças. "Se ele quer se matar, por que não se mata logo, ignorando tudo?"

— O pai do filho de Helena não existe — respondi.

— Muitos?

— Não sei. Talvez muitos. Talvez um só.

— Você não está mentindo. Talvez não seja o único amante de Helena. Essa dúvida você também a tem. Mas eu não tenho dúvida. Você é o pai. É uma reparação que lhe devia. Estamos quites, não?

Resolvi não dizer nada. Ele não acreditaria. Além do mais, achei divertida a ideia de uma reparação, de uma compensação. O irmão era um matemático, para ele tudo tendia ao equilíbrio. A suposição era viável. Se a vida fosse matematicamente arrumada, eu deveria ser o pai da criança.

— A coisa mais besta do mundo é a verdade — disse como resposta.

— Helena sempre dizia isso — concordou ele. — Os homens preferem a mentira, por isso os deuses abandonaram a terra...

— Foi melhor assim. Prefiro o mundo com as mentiras e sem os deuses. Os deuses nunca me consolaram. As mentiras às vezes consolam. O passado é a mentira que eu torço a meu modo, de acordo com os fantasmas... para usar a sua expressão. E o futuro também é a mentira de uma esperança que não irá acontecer.

O irmão admirou-se:

— Você ficou louco?

— Você também está mudado. Não sei o que modificou a vida... Quanto a mim foi...

— Helena?

— Não. É difícil definir... não sei os G, os K e os zeros. Não tenho uma equação para explicar... Mas acho que foi a compaixão...

— Compaixão?

— Sim. Compaixão... a certeza de que nada se pode fazer a não ser esperar que as coisas aconteçam...

O irmão foi à janela e voltou, dava a impressão de procurar alguma coisa no espaço, não mais dentro dele. Acendeu outro cigarro. De repente, perguntou:

— Você conversa muito com Helena?

— Não, só o necessário... e no geral, coisas sem importância, do dia a dia. Por quê?

— Não sei... você usa umas palavras... não, não são as palavras, é a maneira de usá-las... ela gostava de falar em compaixão...

— Nunca a ouvi falar essa palavra. Saiu por acaso...

— Mas saiu bem. Você usou uma frase para definir a compaixão... uma frase sem nenhum adjetivo... ela também detesta adjetivo...

— ...só importam os substantivos...

O irmão voltou ao sofá. Parecia esgotado. Sem me olhar, falando sem pressa, como se ditasse um testamento:

— Você pode duvidar, eu não. Você é o pai do filho dela. Estou lhe pagando a dívida em nome do pai.

O irmão suicidou-se no final daquela manhã. Quando acordei, pouco antes do meio-dia, encontrei-o morto, dentro da banheira cheia d'água, os pulsos abertos. A água um pouco morna: o filete de sangue, obsceno, desgrudado do pulso esquerdo, boiava entre as coxas.

Depois de morto, voltava a mesma cara balofa. O homem que chegara na véspera fora uma visão passageira. Na banheira encontrei-o tal qual em nossa infância: amorfo, meio pulha, só não estava corado.

A polícia tomou as providências, os amigos fizeram o resto. Mesmo assim tive algum trabalho. Queriam explicações, disse que ele tinha descoberto um câncer no piloro. Engoliram o câncer no piloro.

Perdoei tudo ao irmão. Menos aquele último estorvo. Ele podia ter feito aquilo em outro lugar, afogar-se no Tibre, no Guadalquivir, no Sena, no Mississippi — há rio em toda cidade —, mas o calhorda foi se afogar numa banheira de Mata-Cavalos, na minha banheira!

Helena não foi ao enterro. Recebeu a notícia com calma.

— Era uma das coisas que ele podia fazer.

Três anos depois ela se juntou a um inglês. Foram procurar a ossada de um cientista inglês perdido na selva amazônica.

Morreram mesmo por lá, picados por mosquitos. Li nos jornais que outro inglês veio procurar a ossada dos dois.

Ela me deixou um bilhete e o filho para tomar conta.

O bilhete dizia: "Quem viver mais leva o resto."

Fiquei com o resto.

O garoto é odioso. Tem o mau gosto de ir se parecendo comigo. Eu trato bem dele para me distrair e purificar.

Outro dia quis uns canários que vimos numa casa da rua da Assembleia. Chorou, queria os canários, o reino dele pelos canários, fez má-criação em plena rua, cobriu-me de opróbrio, ameaçou dizer nomes.

Comprei-lhe os canários.

Os canários cantavam o dia inteiro e me aporrinhavam.

— Por que eles cantam? — perguntou o guri.

— Eles têm um apito na barriga — respondi com má vontade.

Ontem, quando cheguei em casa, os canários estavam mortos, as tripas de fora. Procurei pelo garoto. Ouviu a espinafração com o mesmo olhar de Helena, aquele olhar meio estrábico que zombava de tudo ao mesmo tempo e me deixava sem jeito.

Perguntei por que havia feito aquilo.

— Queria ver se tinham mesmo um apito na barriga.

Como prêmio, levei-o ao cinema. Fomos de mãos dadas, comprei-lhe balas, prometi-lhe um canivete.

— Não há dúvida, esse menino promete, não há dúvida, esse menino promete.

Outros títulos do autor pela editora Nova Fronteira

O ato e o fato
Balé branco (exclusivo em e-book)
Ben-Hur (adaptação, exclusiva em e-book)
Um capitão de quinze anos (adaptação, exclusiva em e-book)
A casa do poeta trágico
Chaplin e outros ensaios (exclusivo em e-book)
Da arte de falar mal
O harém das bananeiras
Luciana Saudade
Quase memória
Quinze anos
Rosa, vegetal de sangue
Taras Bulba (adaptação, exclusiva em e-book)
Vera Verão
Viagem ao centro da Terra (adaptação, exclusiva em e-book)
A volta por cima

Direção editorial
Daniele Cajueiro

Editora responsável
Maria Cristina Antonio Jeronimo

Produção editorial
Adriana Torres
Daniel Borges do Nascimento

Revisão
Leonardo Vianna
Jaciara Lima

Diagramação
DTPhoenix Editorial

Este livro foi impresso em 2016 para a Nova Fronteira.
O papel do miolo é chambril avena 80g/m², e o da capa é cartão 250g/m²